Torge ist verschwunden

von Janina Schmiedel & Ute-Marion Wilkesmann

Torge ist verschwunden

Lost Places und Urban Vanishing

von Janina Schmiedel & Ute-Marion Wilkesmann

Bibliografische Information der Deutschen Natio-
nalbibliothek:
Die Deutsche Nationalbibliothek verzeichnet diese Publikation in der Deutschen Nationalbiblio-
grafie; detaillierte bibliografische Daten sind im
Internet über dnb.dnb.de abrufbar.

© 2024 Ute-Marion Wilkesmann und Janina
Schmiedel
Verlag: BoD • Books on Demand GmbH, In de
Tarpen 42, 22848 Norderstedt
Druck: Libri Plureos GmbH, Friedensallee 273,
22763 Hamburg
ISBN: 978-3-7597-6865-0

Inhaltsverzeichnis

Vorwort

Auch in diesem Jahr gibt es wieder ein gemeinsames Schreibprojekt. Es trägt den Titel *Torge ist verschwunden*, und natürlich gibt es auch diesmal wieder einige Eckpunkte, die in der Geschichte vorkommen müssen.

Neben der Vorgabe, dass jemand namens Torge verschwunden ist, haben wir mithilfe des Zufallsprinzips einen Ort (Bushaltestelle), eine Stadt (Aachen) und ein Interessengebiet (Urban Exploration) ausgelost. Außerdem muss eine Person, die man nur von hinten sieht, dreimal vorkommen.

Wie bei unseren letzten Projekten *Seite 22, Zeile 22* (2022) und *Fantastisches Tagebuch* (2023) haben wir die Texte unabhängig voneinander geschrieben und sie uns erst gegenseitig vorgestellt, als sie abgeschlossen waren.

Lassen Sie sich überraschen, wohin die Vorgaben diesmal führen und wohin es den doppelt verschwundenen Torge in diesem Buch verschlägt.

Herbst 2024
Ute-Marion Wilkesmann & Janina Schmiedel

Torge ist verschwunden
(Ute-Marion Wilkesmann)

Torge wachte auf und sah sich um. In dem großen Raum standen zwei Betten, daneben jeweils Monitorsysteme. Die Stecker der Monitore hingen schlaff zu Boden, die Betten waren mit durchsichtigen Plastiküberzügen geschützt. Die Wände waren weiß gestrichen, der Boden mit praktischem grau gemusterten Linoleum ausgelegt. Es war hell. „Hatte ich einen Unfall und liege im Krankenhaus?" Er überlegte, aber er hatte keine Erinnerung. Das Letzte, an das er sich erinnerte, war das Gespräch mit einem Mann, als er an der Bushaltestelle stand. Kannte er ihn? War das ein Kollege? Oder ein Freund? Seine Gedanken verfingen sich immer wieder nur in einer grauen Suppe. Und was war dann passiert? Ja, er sah den Bus, wie er gerade aus der Kurve kam. War er daruntergefallen? Hatte ihn jemand geschubst? Er hatte viele Fragen. Aber er war schon wieder so müde. Deshalb fielen ihm die Augen zu, bevor er hätte sehen können, dass eine Krankenschwester zur Türe hereintrat.

Mira war verzweifelt. Niemand glaubte ihr. Sie saß jetzt schon wieder auf der Polizeidienststelle. „Glauben Sie mir, Frau Braun ..." Sie unterbrach den Beamten genervt: „Ich heiße Praun, nicht Braun." Der Polizist hob irritiert seinen Blick von den Unterlagen vor ihm. „Ja, ja, sorry. Aber das ändert nichts an den Tatsachen. Ja, an der Bushaltestelle Vogtstraße haben wir einen toten Mann gefunden. Offensichtlich erschlagen. Aber er hatte seine Papiere bei sich, daher weiß ich, dass es nicht Ihr Bruder, Torge Praun, ist."

„Das bezweifle ich ja nicht. Aber wo ist mein Bruder? Ich habe ihn noch verabschiedet und gesehen, wie er zu der Bushaltestelle gegangen ist. Und jetzt hat er sich seit sechzehn Stunden nicht mehr blicken lassen. Kein Anruf, keine Nachricht, nichts."

Der Beamte blickte müde hoch. Warum mussten junge Frauen so anstrengend sein? Kein Wunder – fast hätte ihn ein alberner Lachanfall überkommen –, dass der junge Mann sich für ein paar Tage davongemacht hat. Mit so einer naseweisen und hysterischen Schwester hält das doch niemand aus.

„Schauen Sie, mit neunzehn Jahren hat man schon mal Lust, aus der Routine auszubrechen. Ich kann Ihnen abertausend Berichte vorlegen, in denen junge Männer aus den Fesseln des Zuhauses ausgebrochen sind. Der wird schon wiederkommen." Er legte eine kurze Pause ein.

„Andererseits, wenn er nicht wieder auftaucht, fürchte ich, dass wir ihn für verdächtig halten müssen, den anderen Mann vor den Bus geschubst zu haben."

Mira schrie ihm ins Gesicht: „Was für ein absoluter Quatsch! Sowas macht mein Bruder nicht."

Ihr Gegenüber zuckte mit den Schultern. „Wissen Sie, Verwandte können selten ihre Familienmitglieder objektiv beurteilen und reagieren dann ..." Mira ließ den Mann nicht ausreden, sie sprang auf und rannte raus. Es fiel ihr schwer, die Tränen zurückzuhalten. Sie war sich sicher, dass ihrem Bruder etwas passiert war. Zwillinge spüren das.

Schwester Gabi steckte den Kopf durch die Tür. „Na, wie geht es uns heute?" Er lächelte matt. Sie war die Einzige, die schon mal mit ihm sprach. Also zumindest ein paar Worte mehr. „Danke, danke, ich könnte wieder

Bäumchen ausreißen." Sie lachte. „Du lässt dir wirklich jedes Mal eine andere Antwort einfallen, das gefällt mir. Hat eigentlich jemand daran gedacht, dass heute dein Geburtstag ist?" Torge schüttelte den Kopf. Gabi griff in ihre Kitteltasche und zog einen Hafer-Erdnuss-Riegel hervor. „Ein kleines Geburtstagsgeschenk!" Er lächelte dankbar. Er war es so leid, alles lief nach einem festen Plan. Sein Essen war exakt von einem Ernährungsberater geplant worden, hatte man ihm erklärt. Ob er Hunger hatte oder nicht, das war denen doch egal. Hauptsache seine Blutwerte blieben top. Deshalb auch das winzige Fitnessstudio, die Spaziergänge im Garten. Und mittlerweile waren die beiden anderen Betten entfernt worden. Gelegen hatte dort nie jemand.

Nun, der Garten war eher ein Park. Es war entspannend, mal in der Sonne zu sitzen (aber bitte nicht zu lange!) und die Beine auszustrecken.

Ihm war immer noch nicht klar, warum er hier war. Etwa alle vier Monate bekam er eine Spritze, dann wachte er Stunden später mit Rückenschmerzen auf, angeschlossen an zwei Monitore. Keiner sagte ihm, wozu das dienen solle. Auch Gabi bekam ganz schmale Lippen, wenn er etwas in die Richtung fragte. „Der Boss meint, du musst das nicht wissen."

Wer dieser Boss war, sagte sie ihm nicht. War es der Mann, den er vor ein paar Tagen auf dem Flur mit den Ärzten hatte sprechen hören? Seine Stimme hatte so einen gewissen Befehlston, und die sonst überheblichen wortkargen Ärzte waren recht kleinlaut. Er hatte versucht, diesen Mann zu sehen, aber er stand mit dem Rücken zur Tür. Torge sah nur die ordentlich gekämmten braunen Haare, einen Anzug, und dann setzte sich die Gruppe schon in Bewegung. Mehr konnte er nicht ausmachen.

Keiner glaubte ihr, wenn sie sagte, sie sei sicher, ihr Bruder sei am Leben. Sie waren doch Zwillinge, da weiß man so etwas. Die Polizei hatte die Sache schon lange zu den Akten gelegt. „Frau Praun, wir können Ihnen keine Hoffnungen machen. Wahrscheinlich ist er untergetaucht. Oder tot. Sorry, wir müssen Ihnen das so offen sagen."

Das war jetzt schon mehr als zehn Jahre her. Vor fünf Jahren war sie nach Aachen gezogen, weil sie den Eindruck hatte, sie wäre Torge dann näher. Ohne dass sie dies mit irgendetwas beweisen konnte. Sie schaute den Dom hoch. Schon wieder mit Netzen verhangen und in Reparatur. Ob Torge vielleicht in einem geheimnisvollen Gang unter dem Dom steckte? Aber das würde keinen Sinn machen.

Jetzt, mit Anfang dreißig, musste sie endlich leben. So ein richtiges Leben haben. Zu lange hatte sie sich nur um den verschwundenen Bruder gesorgt, den Tod der Eltern durchlitten, sie beerdigt und nach Torge geforscht. Da war das eigene Leben völlig auf der Strecke geblieben.

Einmal hatte sie geglaubt, sie sei nah dran. Anonyme Tipps hatten sie zu einer riesigen Villa geführt. Sie gehöre irgend so einem reichen Macker, „Mafia" wurde hinter vorgehaltener Hand gemurmelt. Sie hatte fast zwei Wochen damit verbracht, den Garten, das Haus und die Ausgänge zu beobachten. Ein schier unmögliches Unterfangen bei einem Anwesen dieser Größe. Sie hatte sogar einmal eine Gruppe von Leuten gesehen, drei Männer und zwei Frauen. Derjenige, der mit dem Rücken zu ihr stand, schien zumindest in dieser Gruppe der Chef zu sein, denn die anderen verhielten sich unterwürfig bis schleimig. Dann hatte einer der Hunde angeschlagen. Alle drehten sich in ihre Richtung. Außer dem „Chef", der gab nur dem Mann zu seiner Rechten eine knappe Anweisung und kehrte ins Haus zurück, ohne sich umzudrehen.

Sie war davongestürmt, unentdeckt. Diese Szene hatte sich ihr eingeprägt. Aber von Torge war nichts zu entdecken gewesen. Kurz darauf erhielt sie neue Hinweise, die sie in eine andere Richtung lenkten.

Aber jetzt, so hatte sie beschlossen, würde sie die endlose und sinnlose Suche beenden. Auch wenn das unfair gegenüber Torge war, denn er wartete sicher an irgendeinem Ort auf sie. Aber was, wenn sie sich irrte? Dann würde sie auch den Rest ihres Lebens auf der Suche verbringen, und was für ein Leben sollte das sein? Zwei abgebrochene Berufsausbildungen, jetzt hatte sie sich als Verwaltungsangestellte beworben. Wenn man sie trotz ihres Alters in die Ausbildung lassen würde – diesmal würde sie durchhalten! Sie wäre bereit gewesen, als Politesse durch die Straßen zu ziehen. Ob alle sie hassten, was machte das für einen Unterschied?

Nein, sie würde Torge niemals aufgeben. Aber sie war entschlossen, jetzt endlich zu leben. Vielleicht war es doch noch nicht zu spät, eine Familie zu gründen?

Torge schaltete den Fernseher ab. Zuerst hatte er sich gewundert, dass er niemals Nachrichten zu sehen bekam. Nur Serien, eine nach der anderen. James-Bond-Filme, Knight Rider, Tatort, Lindenstraße – er kannte sie alle. Irgendwann hatte er es kapiert, das war kein echter Fernseher, sondern ein breites Streamingangebot. Er konnte zwar auf der Fernbedienung Zahlen tippen, dann erschienen Embleme wie ARD oder RTL auf dem Bildschirm. Aber das waren keine echten Programme, das wurde ihm dann klar.

Zum Glück wussten sie nichts von der Existenz einer lebenden Zwillingsschwester. Zufällig hatte er einmal ein Flurgespräch von zwei Ärzten mitgehört: „Das ist schon schwierig, wenn ihm doch mal etwas passiert. Was dann?" – „Hat sich mal einer erkundigt, ob er Geschwister hat?" – „Die Eltern sind tot, eine Zwillingsschwester ist wohl vor zwei Jahren an plötzlichem Hirnschlag gestorben." Das sich anschließende

Gespräch war langweilig, bis es wie üblich bei den optischen Vorzügen der Krankenschwestern hängen blieb. Ekelhaft. Seine Eltern und seine Schwester tot, das war ein herber Schlag. Er durfte sich nichts anmerken lassen, sonst würden sie bemerken, dass er eine Möglichkeit gefunden hatte, Flurgespräche mitzuhören – auch wenn sie meist langweilig waren.

Das mit den Eltern war traurig genug, aber Mira? Das war entsetzlich. Denn er hatte seine letzten Hoffnungen auf sie gesetzt. Als Zwilling musste sie gemerkt haben, dass er lebte. Er war niedergeschmettert. Bis er schließlich zu dem Schluss kam, dass es sich um falsche Informationen handeln musste. Immerhin war er der andere Zwilling, und er hätte es bemerken müssen, wenn ihr etwas zugestoßen wäre. Davon war er überzeugt. Oder war das ganze Flurgespräch vorgetäuscht, um etwas über ihn zu erfahren, das sie noch nicht wussten? Vielleicht war Mira in den Untergrund gegangen.

Langsam fühlte er sich wieder besser. Das heißt, bald würde er wieder angezapft. Und dann würde er sich aufs Neue ewig lange furchtbar und schwach fühlen.

Es war Miras sechstes Date. Fünfmal hatte sie sich mit Männern über so Dating-Apps verabredet. Das war völlig danebengegangen. Auch wenn fünf Beispiele keine ausreichende statistische Grundlage für die Annahme bieten, dass wirklich nur die letzten Typen auf diese Weise eine Frau suchten. Oder war das aus Sicht der Männer vielleicht genauso? Dann wäre sie eine durchgedrehte Mittdreißigerin mit Torschlusspanik oder auf der Suche nach dem kurzen Abenteuer, egal wie abstoßend das Gegenüber war.

Sicher, sie war im Vergleich zum Modetrend keine Schönheit. Das änderte aber nichts daran, dass sie ungepflegte Zähne, schüttere, mühsam über den Kopf verteilte Haare oder kleine Männer verabscheute. Beim ersten Date war der ältere Herr offensichtlich auf der Suche nach einer Krankenpflegerin für die Zukunft. Er habe beim Alter etwas geschummelt, sagte er ihr, als sie ihn kritisch musterte. Aber nicht viel. Nun, wenn man zwanzig bis dreißig Jahre nicht viel findet, kommt das hin. Anstatt sich gleich auf dem Absatz umzudrehen, war sie noch mit ins Restaurant gegangen, vor dem sie verabredet waren. Herbert hatte das Luna ausgesucht. Beim

Bezahlen war er übrigens sehr emanzipiert, da ließ er sie gern ihren eigenen Anteil tragen. Ansonsten waren seine Vorstellungen eher, nun ja, etwas zurückgeblieben.

Nummer 2 entpuppte sich als sexbesessen. Nummer 3 war schmuddelig und nur an deutschen Schlagern interessiert. Nummer 4 keuchte bei jedem Schritt und hielt seinen Bauch wohl für ein besonderes Attraktivitätsmerkmal. Nicht nur war Nummer 5 der Inbegriff des Beamten, sondern er zeigte auch eine beunruhigende Hartnäckigkeit bis hin zum Stalking, nachdem sie ihm gesagt hatte, dass sie wohl nicht zusammenpassten. Erst als sie ihm mit der Polizei drohte, hörte er auf, ihr CDs, Blumen und Schmuck vor die Wohnungstür zu legen und sie mit SMS zu bombardieren.

Sie schloss daraus, dass das Schicksal sich nicht zwingen ließ. Entweder würde sie auf Mr. Right treffen oder eben nicht. Wäre das so schlimm? Okay, es entsprach nicht ihrem Lebensplan, der in vielen Teilen ganz herkömmlich war (netter Mann, Kinder, gutes Auskommen, schöne Wohnung, vielleicht sogar ein Haustier), aber sie konnte sich arrangieren.

War es sinnvoll, sich einen Hund, eine Katze oder ein paar Hamster zuzulegen? Ihre Freundin hatte Kaninchen, die waren echt putzig. Und so flauschig! Am Ende kam sie davon ab. So ein Haustier bindet zeitlich, bedeutet Aufwand und lebt normalerweise kürzer als der Mensch. Der Abschied von Torge hatte ihr bereits genug Schmerz verursacht; sich jetzt auch noch einem quasi geplanten Abschied zu stellen – nein, das war einfach zu viel.

Lesen war nicht ihres, sie versuchte es einen Monat. Computerspiele? Auch nicht, da war sie suchtgefährdet. Sollte sie sich doch einmal in einem Kleingartenverein umsehen?

Es gab sogar eine eigene Webseite für Aachener Kleingärtner. Aber was sie dort las, stieß sie ab. Wie so oft in ihrem Leben lenkte der Zufall kurz darauf ihre Entscheidung.

Sie saß in der Cafeteria des großen Verwaltungsgebäudes der Firma, für die sie mittlerweile arbeitete. Ihre Kollegin Monika konnte heute nicht mitkommen. Daher rührte sie allein in ihrem Latte macchiato und löffelte ihre Erdbeersahnetorte genussvoll so langsam wie möglich.

Mittwochs war nun mal ihr Kuchentag, sonst war sie brav und nahm sich eine Portion Salat.

Gedankenverloren reiste sie wieder einmal durch ihre Vergangenheit. Sie erinnerte sich, das war gar nicht so lange nach dem Tod ihrer Eltern gewesen, an einen Anruf. Die meisten Anrufer waren damals werbemäßig unterwegs. Sie hatte sich einen Spaß daraus gemacht, irgendwelchen Blödsinn zu sagen und dann zu gucken, wie die Callcenter-Mitarbeiter reagierten. Gern erzählte sie auf Nachfragen, dass ihre Eltern nach Australien ausgewandert waren oder ihr Bruder unter einem neuen Namen als bekannter Rennfahrer in Ecuador unterwegs war. Einmal war ein Anrufer der Meinung, sie sei eine Hausangestellte, weil sie sich mit „Minna von Barnhelm" gemeldet hatte. Tja, ein bisschen Bildung hätte dem Callcenter-Mitarbeiter da geholfen. Aber er schloss aus dem Namen Minna, dass sie in dem Haushalt nur arbeitete. Und er wollte unbedingt Mira sprechen. „Mira? Ach, das tut mir leid, die ist vor kurzem an einem Schlaganfall gestorben." Der Anrufer war so betroffen, dass sie fast schon so weit war, ihm zu verraten, dass dies nur ein blöder Scherz von ihr war. Aber irgendetwas hielt sie zurück.

Dann der komische Kauz, der ihr preiswerte Weinkisten andrehen wollte. Sie war kurz davor, ihm erfolgreich fünf Kilogramm Käse zu verkaufen. Aber irgendwann hatte er dann wohl doch gemerkt, dass sie ihn verulkte, und sie wüst beschimpft. Zumindest, solange sie noch nicht den Hörer aufgelegt hatte.

Torge merkte, wie er seinen Humor verlor. Was hatten Mira und er immer herumgealbert, stundenlang gekichert oder sich ein paar Jahre später vor dem Bildschirm über irgendwelchen Blödsinn fast krankgelacht. Anfangs hatte er sich bemüht, mit dem ganzen Personal zu scherzen. Aber die waren so bierernst! Nicht einmal Gabi reagierte auf seine Witze. Sie tat einfach so, als habe er nichts gesagt.

Dann ließ er es. Jetzt fand er fast nichts mehr lustig, nicht einmal die Zeichentrickfilme, die er sich früher so gern angesehen hatte.

Das Gespräch am Nachbartisch zog ihre Aufmerksamkeit auf sich. Unter Lost Places konnte sie sich etwas vorstellen, aber Urbex? Sie schaute schnell im Smartphone nach. Demnach gab es eine richtige „Szene", in der so genannte Urbexer, das heißt, „Urban-Explorer", verlassene Häuser, Fabriken, Bunkeranlagen – auch bekannt als Lost Places – „besichtigen" und ihre Erfahrungen per Fotos oder Videos teilen. Verrückt. Wäre das was für sie? Es war ihr peinlich, sich ins Gespräch einzumischen, daher aß sie weiter, während ihre Gedanken zu den möglichen Lost Places wanderten. Schon der Ausdruck *Lost Places* brachte etwas in ihr zum Klingen.

Abends befasste sie sich intensiv mit dem Thema. Ja, *Urban Exploration* lockte sie plötzlich. Sie hatte eine passende Webseite mit einem Forum gefunden, dort erst nur passiv teilgenommen und nur sehr selten selbst etwas geschrieben. Spannend! Eines Abends erhielt sie eine persönliche Nachricht. Der Typ (oder war es eine Frau?) nannte sich „UrbanAvatar". Er habe sie seit einer Weile im Forum beobachtet. Dann fragte er, ob er ihr helfen könne?

So kamen sie ins Gespräch, und jetzt, heute Abend, würde sie sich mit UrbanAvatar (Klarname Caspar) treffen, vielleicht sogar ihren ersten Lost Place besuchen. Das erste Kennenlernen war in einer kleinen Pizzeria in der Innenstadt in Domnähe geplant. So ein bisschen vorsichtig war sie schon.

Das war vor etwa drei Jahren passiert. Sie hatten sich sofort verstanden, sehr viel erzählt, und er hatte sie dann zum Bahnbetriebswerk Aachen-West mitgenommen. Sie hätte vielleicht ängstlicher, vorsichtiger sein können. Aber Caspar verströmte Zuverlässigkeit und Harmlosigkeit. Das hätte zwar ein Alarmzeichen sein können, aber sie vertraute ihrer Intuition. Ganz kurz kam ihr in den Sinn, dass diesen Fehler vermutlich viele Mordopfer begehen, aber sie behielt recht.

Mühelos fanden sie einen Parkplatz. Es roch nach altem Öl und modrigem Gemäuer. Sehr schnell lernte sie, dass jeder Urbexer diesen unverwechselbaren Geruch gut kannte.

Caspar nahm eifrig Fotos im verlassenen Lokschuppen auf. Voll von Müll und mit bunten Wänden faszinierte der Ort sie sofort. Von den Decken hingen Kabel. Das musste auch bei Tag ein erstaunlicher Anblick sein. Jetzt behalfen sie sich mit zwei lichtstarken Taschenlampen.

Dieser Bahnhof wurde ihr Lieblingsort. Sie erforschten in den nächsten Wochen noch andere

Lost Places zusammen, besonders verlassene Friedhöfe hatten eine große Anziehungskraft für sie. Erst besuchten sie nur Orte, die Caspar schon kannte. Aber dann plante Mira Besuche mitten in Aachen oder in der Umgebung.

Es ist nicht so – sie lachte leise –, dass das Urbexen eine Grundlage für die Suche nach einem Partner ist, aber bei ihnen beiden hatte es gefunkt. Jetzt waren sie schon zwei Jahre verheiratet. Mit dem Kinderkriegen schien es nicht zu klappen. Aber weder Caspar noch Mira wollten deshalb ärztliche Strapazen und wer weiß noch was auf sich nehmen. Dann eben nicht.

Es blieb nicht aus, dass sie Caspar von Torge und seinem geheimnisvollen Verschwinden erzählte. Er nahm Anteil, aber alles, was er vorschlug, um Klarheit zu gewinnen oder ihn zu finden, hatte sie schon hinter sich.

Wäre sein Leben anders verlaufen, wenn er Torben hieße? Wäre ein Torben an jenem Tag nicht an der Bushaltestelle gewesen? Hätte von Torben niemand gewusst, welche genetische Zusammensetzung sein Körper aufweist? Er hatte endlos Zeit für solche Gedanken. Torben reimt sich auf verstorben, Torge auf Sorge. Das macht es auch nicht besser. Außer Gabi sprach keine der anderen Schwestern mit ihm. Natürlich sagten sie „Guten Morgen, wie geht's uns denn?" oder ähnlich leeren Müll. Mit dem Pfleger Sebastian versuchte er es gar nicht erst. Torge glaubte nicht, dass Sebastian jemals auch nur an einem Gesundheitskurs geschnuppert hatte. Er war nur fürs Grobe. Das heißt, wenn Torge sich verweigerte oder weglaufen wollte, dann war der Pfleger flink an seiner Seite. Nicht freundlich, eher derb.

Mira ließ diese Villa nicht los. Irgendetwas zog sie gedanklich immer wieder dahin. Sie erzählte Caspar davon. Er zuckte die Schultern, er bezweifelte, dass da etwas Besonderes sei. Das wäre doch sonst sicher schon aufgeflogen. „Du kannst das nicht verstehen, wie sich das mit einem Zwilling anfühlt. Du *weißt* dann einfach Dinge, die du dir nicht erklären kannst." – „Ach, Mira, natürlich weiß ich das nicht. Aber der Menschenverstand sagt klipp und klar, dass Torge nach so vielen Jahren irgendwo anders ist." Dieses „Woanders" führte er nicht aus. Aber ihr war schon klar, was er meinte.

Es verstrich eine längere Zeit, bis er sich dann doch bereiterklärte, mit ihr zu der Villa zu gehen. Sie standen am Straßenrand und versuchten, in das Innere des Gartens zu schauen. Die Büsche waren noch dichter gewachsen. Mehr als zwölf Jahre war es jetzt her. Caspar bot ihr an, einmal in den Garten zu gehen und sich umzusehen, Mira sollte warten.

Sie sah ihn vorsichtig durch den Garten gehen, dann stand er vor der Eingangstür. Ihr Herz klopfte und raste, was machte er? Hatte er geklingelt? Die Tür öffnete sich, eine Frau in einer Art Krankenschwesternuniform sprach mit ihm. Mira verstand allerdings kein Wort. Caspar betrat das Haus! Als er wieder herauskam, konnte sie die Spannung kaum noch ertragen. Er lächelte sie an, mit diesem wunderbaren Lächeln, das Friede und Zuversicht in ihr verbreitete.

„Es ist alles ganz harmlos. Ich habe ihnen eine wilde Geschichte von meinem Sohn aufgetischt, der sich ständig in Villen versteckt. Sie haben mir angeboten, durch das Haus zu gehen. Da war wirklich nichts. Eine ältere Dame im Rollstuhl, die Krankenschwestern, Bücher, Fernseher, leere Zimmer. Kein hilfloser Mann." Er streichelte ihren Arm. Er schaffte es doch immer wieder, sie aufzubauen.

Erst später, als sie im Bett lag, fragte sie sich, ob sie jemandem ihr Haus zeigen würde, nur weil er so eine krude Story aus der Tasche zieht. Sie betrachtete Caspars Profil im Schlaf. So friedlich, so entspannt. Ihr Leben hatte sich so markant gebessert, seit sie ihn kannte. Am Wochenende wollten sie wieder einmal nach Aachen West. Es hatte noch keinen einzigen Besuch gegeben, an dem sie nicht etwas Neues entdeckt hätten.

Gabi war jetzt nicht unbedingt die Quelle tiefsinniger Unterhaltungen. Sie war nur freundlicher im Vergleich zu den anderen und tauschte schon mal mehr als die üblichen leeren Floskeln aus. Sie achtete darauf, das merkte er schnell, dass sie niemals auf diese Weise freundlich zu ihm war, wenn andere Personen in der Nähe waren.

Caspar las Mira vor: *Dadurch, dass die riesigen Glasfenster zu großen Teilen eingeschlagen sind, hat sich die Natur ihren Weg ins Innere gesucht. Ranken wachsen durch die Löcher über Heizkörper hinweg und beginnen so langsam, den kompletten Boden zu bedecken. Lichter, Pflanzen und Überbleibsel aus einer längst vergessenen*

Zeit bilden eine faszinierende Symbiose. Ein wirklich toller Lost Place.[*]

Mira war beeindruckt: „Du hast recht. Wir sollten da noch einmal hin." Caspar strahlte sie an. „Ich bin so froh, dich gefunden zu haben. Du bist eine so tolle Frau. Aber jetzt muss ich weiterlernen, sorry." Mira beugte sich über ihn und las ein paar Sätze aus dem Skript „Mentalcoach in 24 Einheiten". Sie hatte damals die Einleitung gelesen:

Stress und Ängste gehören in unserem modernen Leben zum Alltag – es gilt, damit produktiv umzugehen und mehr Selbstvertrauen in die eigenen Ressourcen, mehr Gelassenheit und mehr Lebensfreude zu entwickeln. Wir wissen heute, dass wir unser enormes neuronales Potenzial nur zu einem Bruchteil nutzen. Gute Mentaltrainer sind daher gefragt, nicht nur bei Topmanagern und Spitzensportlern.[**]

Manchmal zweifelte Mira an Caspar. Er war so sanft, so voller Energie, er bewunderte sie.

---

[*] https://verlasszination.de/kamerakram/bahnbetriebswerk-aachen-west/

[**] https://www.ils.de/fernkurse/
mentaltrainer/?o=00001_00010_PG03506GOO&gad_source=
1&gclid=CjwKCAjw17qvBhBrEiwA1rU9w1P50otEkQJhQX
Xt02M_J1I7VqKIROxTpCnTSZtv1Y3aSPkx-
GRHFvxoCg-4QAvD_BwE

Und das vom ersten Tag an. Aber wollte sie bewundert werden? Anfangs hatte ihr das ausgesprochen gutgetan. Nur dieses Mentalgeschwätz, das war nicht ihrs. Das konnte sie ihm natürlich nicht sagen. Hatte sie sich zu schnell in diese Ehe gestürzt? Sie seufzte. Wenn sie damals doch nur Torge hätte fragen können.

Niemand sagte ihm, warum er hier war. Niemand sagte ihm, was passierte, wenn er so tief einschlief und später mit Schmerzen aufwachte.

Andererseits hatte er ihr mit dem Urbexen die Tür zu einer Welt geöffnet, die sie nicht mehr missen wollte. An diesen Orten fühlte sie sich Torge so nahe. Sie hatte das Caspar einmal gesagt, der war daraufhin fast ausgeflippt. „Nicht sehr mental trainiert, wie du reagierst!" Er hatte die Lippen zusammengepresst und sich umgedreht. Später hatte er das Thema erneut aufgegriffen.

„Lass uns doch einmal in Ruhe darüber sprechen. Du hast schon alles versucht, wir haben zusammen alle möglichen Spuren verfolgt. Du musst dich damit abfinden, dass er entweder auf einem anderen Kontinent weilt oder eben doch gestorben ist. Und kriege jetzt bitte keinen hysterischen Anfall." – „Ich kriege nie hysterische Anfälle!" – „Doch, bekommst du, sobald ich vom Thema Torge zu sprechen wage. Hysterisch auf diese ruhige Art."

Er hatte die Tage und Jahre nicht mehr mitgezählt. Einen Kalender hatte er nicht bekommen. Ab und zu gratulierte ihm Gabi zum Geburtstag, sie sagte aber nie, zu welchem. Er müsste vom Gefühl her so Mitte dreißig sein. Das würde auch zu dem passen, was er im Spiegel sah, wenn er es mit den Serien verglich, die er sehen durfte.

„Warum lässt du mich dein Tagebuch nicht lesen?" – „Warum willst du mein Tagebuch lesen? Respektierst du meine Privatsphäre nicht?" Caspar schüttelte den Kopf: „Ich will dein Tagebuch nicht lesen. Ich käme nie auf den Gedanken. Aber ich frage mich, warum du es mir nicht anbietest und so komisch reagierst, wenn ich dich nach deinem Tagebuch frage." – „Ich reagiere überhaupt nicht komisch, es ist doch ganz normal, dass man sein Tagebuch für sich behalten will." – „Aber es ist auch ganz normal, dass man seinem Ehemann alles anvertraut, was einen bewegt." – „Was ist das denn für ein mittelalterlicher Quatsch? Man geht doch mit der

Ehe keine unzertrennliche Verbindung ein." – „Hast du dein Tagebuch mit Torge geteilt?" – „Natürlich, ich durfte ja auch seines lesen!" – „Also würdest du mich dein Tagebuch lesen lassen, wenn ich dir meines zum Lesen gäbe?" – „Das ist doch ausgesprochener Quatsch, Caspar! Du führst doch kein Tagebuch." – „Ich meine es rein hypothetisch. Oder ich könnte eines anfangen." – „Du würdest also ein Tagebuch anfangen, nur damit du in meinem herumschnüffeln kannst?"

Das war mittlerweile das Niveau ihrer Gespräche. Waren sie dieselben Menschen wie vor zehn Jahren? War er derselbe Mann, der für sie an der Tür dieser komischen Villa geklingelt hatte, um etwas über Torge herauszufinden? Mittlerweile war schon der Name ihres Bruders ein rotes Tuch für ihn. War es Eifersucht auf einen verschwundenen, möglicherweise verstorbenen Zwilling? Manchmal kam ihr der Gedanke, dass sie das alles nur geträumt hatte, Caspars kleine Heldentaten, die Höhepunkte der Erkundung der Gebäude in Aachen West. In solchen Augenblicken war sie überzeugt, dass sie und Caspar nie richtig zusammengelebt hatten.

Es war nur eine Existenz, die sie nebeneinander-her gelebt hatten. Ein echtes ‚Zusammen' konnte man das nicht nennen.

Dabei hatte sie sich doch entschlossen, ein neues Leben zu beginnen, damals. Das hatte sie auch, sie forschte nicht mehr so intensiv nach Torge. Aber dass sie an ihn dachte, war doch nur normal.

Er fragte sich, warum er niemals einen Fluchtversuch unternommen hatte. War da vielleicht etwas im Essen, im Wasser?

Camp Hitfeld hatten sie ebenfalls für sich ent-deckt. Gefunden hatten sie es zwar nicht als Erste, aber nachdem sie darüber gelesen hatten, begannen sie mit der Erforschung. Es war eine ehemalige belgische Kaserne, die 1948 nach dem Zweiten Weltkrieg von der damaligen belgischen Besatzungsmacht errichtet worden war. Aufgege-ben wurde das Gelände 1995, seitdem hatte sich die Natur einen Teil zurückgeholt. Irgendwo fand Mira es enorm tröstlich, wie die Natur selbst militärisches Gelände zurückeroberte. Das Areal war riesig, man sprach von 34 Hektar.

Nach dem Betriebshof wurde dies für eine Weile ihr beliebtester Lost Place für ausgiebige Ausflüge.

Direkt hinter dem Haupteingang standen die ersten Ruinen. Ganz offensichtlich war das Gelände schon lange verlassen. Die Dächer waren eingestürzt und hatten einen Teil vom Mauerwerk mitgerissen. Es war still. Links und rechts entlang der Hauptstraße, die einmal durch das ganze Areal führte, lagen die vergessenen und maroden Bauten einer längst vergangenen Zeit. In den alten Fahrzeugunterständen lagen überall Scherben herum, und es gab fast keinen Zentimeter mehr, der nicht schon von Graffiti bedeckt war.

Bei einem anderen Besuch konzentrierten sie sich auf die alte Kirche des Camps. Man konnte sie nur noch an dem großen Kreuz auf dem Glockenturm erkennen.

Sie waren beide betrübt zu hören, dass dort ein Naherholungsgebiet entstehen sollte. Der Rückbau der militärischen Altlasten hatte schon begonnen. Sie waren froh, diesen Ort entdeckt zu haben, bevor er für immer verloren war.[*]

An diesen Orten war sie Torge so nahe. Aber das konnte sie ihrem Mann nicht sagen, er rastete aus, wenn er nur den Eindruck bekam, sie würde

---

[*] https://pixelgranaten.de/fotografie/lost-places/ehemaliges-militaergelaende-camp-hitfeld/

von ihrem verlorenen Bruder sprechen. „Lost Places – Lost Brother: Ist das der Grund, warum du gern diese Orte aufsuchst? Nicht wegen der Faszination und Schönheit, wie die Natur sich alles wieder holt, sondern weil du wieder mal nur an deinen nervigen Zwillingsbruder denken kannst?"

Mittlerweile entschuldigte sich Caspar nicht einmal mehr bei ihr für seine Ausbrüche. Wie optimistisch sie doch am Anfang ihrer Beziehung gewesen war. Sie war überzeugt gewesen, endlich etwas Ruhe in ihrem Leben zu finden. Aber das war eine Illusion. Und deshalb beschloss sie an jenem Tag, die innere Scheidung einzureichen. Die Formalitäten könnten später kommen.

Er öffnete die Tür nach draußen. Also richtig nach draußen, nicht in den weitläufigen Garten. Irgendjemand hatte es gut mit ihm gemeint. Er hatte eigentlich damit gerechnet, dass er nach dem Tod des Chefs umgebracht würde. Und sei es nur, um den Rest des Geschäfts zu retten.

Mira erinnerte sich genau, wie sie sich das erste Mal verliebt hatte. Das war schon ein wenig grotesk abgelaufen. Ihr Vater hatte den Job gewechselt, der Chef war so ein Neureicher und prasste ordentlich herum. Leider führte das dazu, dass Miras Vater nach einem Jahr wieder einen neuen Job suchen musste, weil der großkotzige Chef leider kein so solides Unternehmen führte, wie er vorgab. Später wurde etwas von einer „Mafia" oder von „organisierter Kriminalität" gemunkelt. Sie erinnerte sich deutlich an die Fahrt zum neuen Wohnort. Der großzügige Chef hatte einen Mercedes mit Fahrer geschickt, der die Familie dorthin bringen sollte. Das war das einzige Mal, dass Mira je in einem Mercedes mitfuhr, wenn man einmal von Taxifahrten absah. Mira saß hinter dem Chauffeur, und da sie nicht anhielten, sah sie nie, ob seine Vorderseite seinem Nacken entsprach, in den sie sich als Neunjährige verliebte. Wie sich die dunkelblonden Haare am Hinterkopf in kleine Locken drehten, etwas zu lang, aber ohne den Hemdkragen zu berühren. Das Hemd war weiß, darüber trug der Mann ein hellgraues Jackett. Sie kannte diesen Hals mit den kleinen Locken am Ende der Fahrt auswendig. Aber sie traute sich nicht, beim Abschied zurückzuschauen, um zu erfahren, ob er von vorn zu ihrem Bild passte. Sie malte sich ein Gesicht aus.

Natürlich fuhr er überdurchschnittlich schnell und sicher, seine Stimme war hell und sympathisch. Das war bei ihr auch im späteren Leben so geblieben, dass der Wohlklang einer Stimme genauso wichtig war wie der Rest eines Menschen. Torge hatte während der Fahrt irgendwelche Comics gelesen und nur ab und an seiner Schwester so einen Blick von der Seite zugeworfen. Einen Zwillingsblick eben. Sie träumte wochenlang von dieser Fahrt. Sie sprach mit niemandem über ihre Gefühle, sie hatte eine Ahnung, dass das als eigenartig abgeurteilt oder dass sich der Rest der Familie über ihr erstes Verliebtsein lustig machen würde.

In der neuen Wohnung brachte sie anfangs das Gespräch immer geschickt auf die Fahrt, das Auto, die Tankstelle. Und wieder diese merkwürdigen Blicke von Torge. Aber er respektierte, dass sie sich in Allgemeinplätzen ausdrückte.

Ihr Vater hatte sich auf der Fahrt angeregt mit dem Mann unterhalten. Ein großer Teil ging um irgendwelche modernen medizinischen Erkenntnisse. Ihr Vater erwähnte nachher in einem Gespräch, dass der junge Mann für einen Chauffeur ungewöhnlich gebildet sei.

Mira ersann eine Geschichte, in der sie mit ihrem Schwarm am Ende in der Südsee landete. Und sie erfand immer wieder neue Versionen als Erklärung für die feine Narbe, die sich schräg über seinen Hals zog.

Allein in seinem Krankenzimmer hatte Torge immer wieder sein bisheriges Leben an sich vorbeiziehen lassen. Die Gesichter seiner Eltern waren nach zwei Jahren verblasst, schließlich konnte er sich kaum noch an sie erinnern. Mira war ihm jedoch immer präsent, brauchte er doch nur in etwas zu schauen, das ihn spiegelte.

Caspar und sie waren nun schon fast elf Jahre verheiratet. Nach der inneren Scheidung nahm sie sich Zeit. Wie würde ein Leben ohne Caspar sein? Auf Anhieb war die Vorstellung verlockend, so ohne Stress, kein Streit, ohne all die Dinge, die sie langweilten und er spannend fand. Im Grunde war das Urbexen ihre einzige Gemeinsamkeit. Sie durchschritt im Geiste den Betriebshof West. Könnte sie das, ohne dass Gedanken an Caspar sie erdrücken würden? Oder müsste sie das Urbexen aufgeben? Würde sie einen Trennstrich bereuen? Auf jeden Fall würde es eine harte Zeit. Selbst Verheiratete, die extrem unter ihrem Partner gelitten hatten, bis hin zu Schlägen, vermissten ihn, hatte sie in diversen Ratgebern gelesen.

Vor der Änderung der finanziellen Situation fürchtete sie sich nicht. Die Finanzierung einer eigenen Wohnung war kostspieliger. Das Essen wird ebenfalls teurer. Aber sie konnte sich beschränken. Und Verwaltungsjobs sind ja nicht das Schlechteste, immerhin war sie seit drei Jahren Beamtin auf Lebenszeit.

Sie übte das Alleinsein. Während Caspar eine neue Tour ausarbeitete oder irgendeinen Film im Fernsehen sah, zog sie sich in das Austesten der selbst auferlegten Isolation zurück. Es klappte immer besser. Mit Sicherheit würde die Realität anders sein, vermutlich weniger positiv. Würde Torges Schicksal sie wieder beherrschen? Nein, das wollte sie nicht, und das würde nicht passieren, davon war sie überzeugt.

Er ging sein Leben durch, wieder und wieder, um sein Ich nicht zu verlieren. Weiter als bis zu seinem fünften Lebensjahr kam er nicht zurück, obwohl man sagt, dass Kinder Erinnerungen bis an ein Alter von drei Jahren haben. Das war für ihn nicht der Fall. Er durchschritt sein Leben bzw. das, was ihm davon noch präsent war, immer und immer wieder. An irgendetwas musste er sich festklammern.

Dann kam dieser Donnerstag. Caspar hing nach dem Essen über seinem Tablet, nachdem sie sich vorher mal wieder ordentlich gezofft hatten. Es entzündete sich an einer Kleinigkeit, z. B. bat sie ihn zum tausendsten Mal, den Löffel vom Salat nicht auf die Tischdecke, sondern auf einen Teller abzulegen. Dann fühlte er sich sofort gegängelt, wollte nicht verstehen, dass das Mehrarbeit war. „Ich kann ja den Tisch saubermachen, wenn du da solche Hektik entwickelst." Aber danke, ja, diese Angebote kannte sie. Dabei fiel dann mindestens ein Teller auf den Boden. Oder ihr Lieblingsgeschirrtuch war leider zu intensiv mit dem Messer in Kontakt gekommen. Ihr war nicht einmal klar, ob er absichtlich oder aus Gleichgültigkeit so handelte. Nachdem sie sich eine halbe Stunde lang gegenseitig mit den üblichen Vorwürfen überschüttet hatten, saßen sie weiter am Tisch, Caspar mit dem Tablet, sie mit der Serviette spielend. Sie gab sich einen Ruck.

„Caspar, das ist wieder irgendwie blöde gelaufen." – „Hmmm, hmmm", kam zustimmend von ihm. „Können wir mal in Ruhe miteinander reden?" Offenbar genervt löste er die Augen vom Bildschirm und sah sie an. Wie sie seinen Blick mal so geliebt hatte – sie riss sich zusammen.

„Caspar, ich habe nachgedacht. Ich denke, es wäre besser, wir trennen uns." Sie rechnete mit einem Ausbruch, irren Schuldzuweisungen, oder damit, dass er aus dem Haus stürmte. Er schaute sie weiter an, lächelte und erwiderte: „Da sind wir doch mal wieder einer Meinung." Er wandte sich erneut seiner Internetsuche zu.

Ihre Versuche, die Trennung konkret zu planen, liefen an diesem wie am nächsten Tag ins Leere. „Ja, ja, darüber müssen wir unbedingt sprechen, da hast du vollkommen recht. Aber jetzt gerade geht es nicht, sorry."

Er erinnerte sich an die Fahrt nach Worms. Mira hatte sich da recht auffällig verhalten. Sie beide saßen eng zusammengequetscht hinter dem Fahrersitz, rechts saß die Mutter mit einer großen Tasche, und der Vater sprach vorn mit dem Chauffeur. Ihm fiel ein, dass er nur den Hinterkopf des fremden Mannes gesehen hatte. So ein befremdliches Ereignis. Zu einem Hinterkopf gehört ein Mensch von vorn. Sonst könnte es auch ein

Roboter sein oder jemand mit einem Affengesicht.

Die nächsten beiden Wochen verliefen ähnlich. Sie suchte das Gespräch immer wieder, aber Caspar blockte ab. Dann, an diesem einen Sonntag, sprach er sie nach dem Frühstück an: „Ich denke, es wäre gut, du suchst dir eine eigene Wohnung. Ich gebe dir bis Ende nächsten Monats, das sollte ja reichen."

Sie war fassungslos. Wieso sollte sie ausziehen, nicht er? Sie war auf der Schwelle, einen Riesenkrach darüber anzuzetteln, als sie sich besann. Sie plante doch eine Rundumerneuerung, warum sollte sie aus Prinzip auf einer Wohnung bestehen, die ihr sowieso zu groß und vor allem zu teuer war?

So nahm sie ihr Handy und las sich die Wohnungsangebote durch. Es war schwierig, sie wollte nicht ins Umland von Aachen ziehen, aber auch nicht eine Hütte unterm Dach bewohnen, möglichst noch mit Toilette eine Treppe tiefer. Okay, das gab es sicher nicht mehr. Ein paar Angebote hörten sich passabel an, aber sie waren zu schnell weg. Zwei Wohnungen hatte sie sich angesehen, die eine war indiskutabel (Souterrain fast ohne Licht), die andere plötzlich deutlich teurer wegen der in der Anzeige nicht erwähnten Nebenkosten.

Es dauerte zum Glück dann doch nicht so lange, bis sie eine passende neue Bleibe fand. Vitamin B hilft bei vielen Angelegenheiten. Ihre Kollegin war mit einer Mitarbeiterin des Wohnungsbauamtes befreundet, die ihr noch einen Gefallen schuldig war, und so sprach diese Frau mit einem Mann, der usw. usw. Zum von Caspar gesetzten Termin konnte Mira umziehen. Sie überließ ihrem Nochehemann das meiste. Die notwendigsten Gegenstände aus der Küche wollte sie haben, aber die teuren Maschinen konnte er gern behalten. Sie brauchte keine Kaffeemaschine mit zig Programmen. Kaffee lässt sich auch problemlos mit einem Filter aufgießen. Mit ein bisschen Sorgfalt war die Spülmaschine für sie ebenso entbehrlich.

Möbel wollte sie nicht mitnehmen, obwohl Caspar ihr großzügig anbot, wirklich alles einzupacken, was sie haben wollte. „Wir sollten uns nicht um Dinge streiten müssen." Das war der alte Caspar.

Und dann begann er, Parallelen zu ziehen mit Lukas, wie er ihn bei sich nannte, den er auch nur von hinten gesehen hatte. Waren das nicht dieselben Locken, jetzt allerdings etwas länger? Oder versuchte er, in seiner Fantasie Verbindungen und Gemeinsamkeiten zu finden, wo keine waren?

Absurd, oder wie könnte ein Chauffeur innerhalb von zehn Jahren zu einem nahezu allmächtigen Kriminellen aufsteigen? Kriminell war ja allein schon, dass er, Torge, hier festgehalten wurde.

Sie hatte sich über Kleinanzeigen die nötigsten Einrichtungsgegenstände besorgt. Die Küche war dank des Vormieters komplett, inklusive des Bodens. Bei der Festlegung der Abstandszahlung konnten Mira und die Vormieterin sich schnell einigen. Wichtig war ihr ein ausreichend großer Tisch zum Essen und Arbeiten mit dem Laptop. Etwas teurer war die Kommode aus Mangoholz, daran hatte sie ihr Herz verloren: Das mittelbraune Schränkchen hatte links drei Schubladen, rechts ein offenes Fach, und es stand auf vier schwarz lackierten zu U gebogenen Metallbeinen. Das war das einzige Teil, das sie sich neu leistete. Obendrauf stellte sie ein Foto von Torge. Wie mochte er jetzt aussehen? Das Foto war zwei Wochen vor seinem Verschwinden aufgenommen worden.

Jetzt stand er hilflos vor dem Gartentor und wusste eins: Er musste weg, so schnell wie möglich. Sonst käme doch noch einer auf die Idee, hinter ihm herzulaufen. Aber vielleicht brach jetzt auch das ganze Gerüst zusammen und alle würden nur noch versuchen, ihre eigene Haut zu retten?

Heute war sie schon genauso lange von Caspar getrennt, wie sie mit ihm zusammen gewesen war. Solche Gedanken waren die einzigen, die den Exmann noch präsent machten. Ihre Arbeit war okay, sie hatte einen netten Kollegenkreis. Es fiel ihr zunehmend schwer, enge Freundschaften zu schließen. Mira seufzte. Sie hätte es nie für möglich gehalten, dass sie in diesem Alter allein wäre. Alles war für sie so klar vorgezeichnet gewesen: verheiratet, Kinder, ein zufriedenes Leben mit gutem Job und kleinen Abenteuern. Möglichst ein Häuschen neben Torge. Täglich hätten sie über den Gartenzaun oder am gemeinsamen Kaffeetisch die wichtigen Ereignisse in ihrem Leben diskutieren, ein bisschen Tratsch austauschen oder ihre Kinder miteinander spielen lassen können.

War das eigenartig, dass sie immer noch regelmäßig an ihn dachte? Wobei es definitiv nicht mehr so obsessiv war wie in den ersten Jahren nach seinem Verschwinden vor mehr als dreißig Jahren. Dennoch war da etwas in ihr, das sagte: „Wenn er tot wäre, würdest du das spüren. Du bist ein Zwilling!" Vielleicht war das mit den Zwillingen doch alles nicht so eng?

Die zehn Jahre mit Caspar hatten auch positive Spuren hinterlassen: die Auflösung ihrer Torge-Obsession und die Bekanntschaft mit den Lost Places. Das Bahnbetriebswerk Aachen-West war nach wie vor ihr Lieblingsort, auch wenn sie immer wieder neue Orte zu entdecken fand. Auf ihren diversen Urlaubsreisen hatte sie ebenfalls neue entsprechende Ziele aufgespürt. Auf diese Urlaubsreisen war sie stolz, nicht nur wegen der Fotos, die sie in den einschlägigen Foren hochladen konnte, sondern auch, weil sie es geschafft hatte, allein irgendwohin zu fahren. Das hätte sie sich vor einigen Jahren nicht einmal ansatzweise zugetraut!

In den Foren wurden nicht nur Lost Places vorgestellt, daneben hatte sich auch eine eifrige Chat- und Diskussionskultur entwickelt. Manches Mal war sie sogar auf Caspar getroffen. Gelegentlich kam es zu persönlichen Kontakten mit Gleichgesinnten, die gingen auch schon mal über einige Wochen. Aber dann zog sie sich wieder zurück. So wie in ein Schneckenhaus. War das der richtige Begriff? Sie hatte nachgelesen:

Schnecken sind im Allgemeinen eher Einzelgänger. Sie neigen dazu, sich nicht in großen Gruppen zu versammeln oder sozial miteinander zu interagieren. Jede Schnecke hat normalerweise ihr eigenes Territorium und bewegt sich unabhängig davon, ob es sich um ein terrestrisches oder aquatisches Habitat handelt. Einige Schneckenarten können jedoch in bestimmten Situationen eine gewisse Form der Aggregation zeigen, zum Beispiel während der Paarung oder wenn Nahrung reichlich vorhanden ist. In solchen Fällen können Schnecken vorübergehend in Gruppen auftreten, aber sie sind im Allgemeinen keine sozialen Tiere wie einige andere Arten. [*]

Sie musste lachen, auf eine gewisse Weise fühlte sie sich dieser Wesensart verbunden. Einzelgänger ja, aber gelegentlich eben nicht. Wobei das Wort „Paarung" von Schnecken ja sehr unromantisch klingt. Ein paar *Paarungen* waren

---

[*]   ChatGPT, 17. März 2024

ihr durchaus über den Weg gelaufen, aber nichts für die Dauer. Sie war nicht mehr bindungsfähig, wenn sie das je gewesen war. Sollte sie sich deshalb therapieren lassen? Sie entschied sich dagegen, denn sie vermisste die Bindungsfähigkeit nicht.

Sechsunddreißig Jahre Gefangenschaft, und jetzt war er frei. Das hatte ihm Gabi irgendwann dann doch ab und zu mitgeteilt, wie viele Jahre vergangen waren. Würde er die Welt noch verstehen? Würde ihn jemand wiedererkennen? Seine Schwester zum Beispiel? Er hatte Angst vor allem. Er kannte ja die Welt nur noch aus veralteten Serien.

Nun musste er aber wirklich sehen, dass er wegkam. Die Straße war wenig befahren. Er duckte sich unter hängende Zweige eines ausladenden Busches, als einige Wagen die Auffahrt herunterkamen. Suchten sie ihn? Aber niemand schaute sich um, es schien wie eine Art Exodus. Ein Wagen wurde sogar von Schwester Gabi gefahren. Merkwürdig, er hatte fest damit gerechnet, dass das medizinische Personal zwecks absoluter Geheimhaltung vernichtet würde.

Würde ihm irgendjemand glauben? Das klingt doch wie ein billiger Roman: Er, über

36 Jahre lang eingesperrt als Lieferant für Knochenmarktransplantate. Ein Sklave seiner seltenen Genkombination.

Leukämie kann zwar Menschen jeden Alters treffen, aber mit zunehmendem Alter steigt das Risiko. Akute myeloische Leukämie (AML) tritt beispielsweise häufiger bei älteren Erwachsenen auf, während akute lymphatische Leukämie (ALL) bei Menschen jeden Alters vorkommen kann. Auch Menschen um die vierzig konnten noch daran erkranken. Das hatte er im Lexikon nachgelesen. Und Lukas war dreiundvierzig, als er ihn, den damals Neunzehnjährigen, gefunden hatte. Und jetzt, mit neunundsiebzig, kurz vor seinem achtzigsten Geburtstag, war er gestorben. Zum Glück nicht an der ALL, sonst hätte Torge Lukas' Tod keine Sekunde überlebt, weil man ihm sofort die Schuld zugewiesen hätte, selbst wenn er bewusst ja gar nichts tun konnte.

Er überquerte die Straße. Er hatte keine Ahnung, wo er war. Wo sollte er hin? Zur Polizei? Er fragte nach der nächsten Polizeidienststelle. Eine halbe Stunde zu Fuß war er unterwegs, weil er kein Geld für eine Busfahrkarte hatte, geschweige denn für ein Taxi. Außerdem, er merkte es auf einmal: Er hatte Hunger! Wäre er jetzt Held eines Romans, so hätte ihm Gabi vor dem Aufbruch noch einen Schein in die Tasche gesteckt, oder er hätte Geld in der Straßenrinne oder einem Papierkorb gefunden. Er schaute in einige Papierkörbe, aber da war kein Geld. Außerdem ekelte er sich davor, seine Hand tiefer als wenige Zentimeter in die, wie er das sich selbst gegenüber nannte, Überreste der menschlichen Zivilisation hineinzustecken.

Auf dem Weg zur Polizeistation sah er eine achtlos weggeworfene Bäckertüte. Er hob sie auf, er hatte Glück: ein angebissenes Rosinenbrötchen und eine Mohnstange. Gierig verschlang er die Backwaren. Das Sattwerden würde in den nächsten Tagen ein Problem sein. Er erreichte die Polizeistation.

Ihre Webseite zum Betriebswerk Aachen-West war bei den Urbexer-Kollegen sehr beliebt. Sie aktualisierte sie regelmäßig mit kleinen Texten und Fotos. Der Zerfall wurde so sorgsam dokumentiert. Sie las noch einmal ihre ersten Abschnitte:

Ganz anders sah es aus, als ich einen Blick ins Innere des verlassenen Lokschuppens warf. Überall liegt Müll herum, die Wände sind bunt *bemalt, Graffiti überall. Aber das ist bei Lost Places nun mal so, diese Orte sind eben nicht nur eine Attraktion für vernünftige Menschen. In dem großen Schuppen befanden sich Gleise und Wartungsschächte. Viele Löcher und defekte Geräte sind mit Müll angefüllt. Überall hängen Kabel. Die beste Zeit für einen Besuch ist der frühe Morgen bei schönem Wetter. Dann scheinen die Sonnenstrahlen durch die Oberlichter, das Geheimnis des Orts will sich auflösen.*[*]

Vieles, worüber sie vor ein paar Jahren geschrieben hat, war schon verschwunden. Die Örtlichkeit war auch nicht mehr so beliebt unter ihren „Kollegen" wie einst. Das passte ihr gut, sie liebte diese merkwürdige Stimmung von Vergänglichkeit und Einsamkeit.

Sie stand gern mitten in der großen Halle und atmete die staubige Luft des Verfalls ein. War sie gestört? Diesen Urlaub hatte sie genutzt, um jeden Tag herzukommen. Sie fühlte sich so nah. Wobei Mira gar nicht sagen konnte, nah zu was?

Vorige Woche war es anders gewesen. So als wenn jemand einen Metallring um ihren Brustkorb gelegt und langsam die Schrauben angezo-

---

[*] https://verlasszination.de/kamerakram/bahnbetriebswerk-aachen-west/

gen hätte. Knappe Luft, leichter Schmerz, der sich steigerte.

Bei der Hausärztin bekam sie umgehend einen Termin, aber alles war okay. Das EKG perfekt, der Blutdruck ungewöhnlich gut für ihr Alter, leicht erhöhte Cholesterinwerte, aber nichts Aufregendes. Mit dem Diabeteswert müsse sie etwas achtgeben, vermittelte die Ärztin ihr mit ernstem Blick. Woher dieses Gefühl kam, konnte sie ihr nicht erklären. „Organisch kann ich wirklich nichts finden, das Ihre Beschwerden erklären könnte. Wenn Sie möchten, kann ich Ihnen aber eine Überweisung zu einem Kardiologen geben." – Sie hatte dankend abgelehnt. Die Werte waren doch okay, und lässt du dich einmal auf dieses Ärztekarusell ein, wird das eine Fahrt, die zu immer mehr Arztbesuchen, Pessimismus und am Ende zur Selbstaufgabe führt. So hatte sie es bei ihren Eltern erlebt und sich geschworen, dass diese Falle nicht über ihr zusammenschlagen würde.

Den Polizeibesuch hätte er sich sparen können. Erst hatten sie ihn nicht ernst genommen und offenbar gedacht, er wollte ein Spielchen spielen. Dann warfen sie sich eigenartige Blicke zu. „Sollen wir jemanden rufen, der sich um Sie kümmert?" Er gab keine Antwort und verließ den Raum. Die Kaffeemaschine brummte. Durst hatte er auch.

Sollte er einem Journalisten sein Schicksal verkaufen? Wenn Mira noch lebte, und davon war Torge im Grunde überzeugt, könnten sie sich so wiederfinden. Und er hätte etwas Geld. Aber auch da wurde er nicht fündig. Man musterte ihn von oben bis unten, ja, nach ein paar Tagen auf der Straße sieht man nun mal nicht mehr aus wie aus dem Ei gepellt. Und dieser ständige Hunger! Gestern hatte es ihn vor sich selbst gegruselt, als er kurz davor war, einer älteren Dame die prall gefüllte Einkaufstasche zu entreißen. Redaktionsbüros heuchelten Interesse, er solle doch seine Telefonnummer hinterlassen, gern würde man sich um ihn kümmern. Telefonnummer? Natürlich hatte er keine. „Es muss ja keine Festnetznummer sein, Handy reicht." Er guckte dumm. Ja, in den Serien gab es Telefone, mit denen man von unterwegs Gespräche führen konnte. Aber wie sollte er an so ein Teil kommen? Er versuchte, es zu erklären, wie es ist, wenn man sechsunddreißig Jahre nicht in der Wirklichkeit gelebt hatte. Er wurde höflich hinauskatapultiert. Einmal steckte ihm eine mitleidige Reporterin sogar einen Fünf-Euro-Schein zu. Früher hätte er ihn beleidigt zurückgewiesen. Jetzt sah er in dem kleinen Betrag nur die Möglichkeit, sich eine ausreichende Mahlzeit zu kaufen.

Sie wollte diesmal wieder zu ihrem Lieblingsplatz, oben auf einem alten Waggon. Mira hoffte, die marode Leiter würde noch eine Weile halten. Sie rüttelte erst immer daran, bevor sie nach oben kletterte. Ihr fiel wieder ein, wie Caspar sich geweigert hatte, hochzuklettern. Der erste Riss im perfekten Bild? Andererseits ist es ja kein Charakterfehler, wenn man Höhenangst hat.

Dort oben konnte sie sitzen, einen großen Teil des Betriebswerks sehen und über die Jahre beobachten, wie die Natur sich ihren Weg bahnte, wie der Verfall der menschlichen Gebilde zunahm. Aber da man davon abgekommen war, diese Fläche in das Naherholungsgebiet zu integrieren, würde sie hier noch oft sitzen können. Allen Urbexern war quasi eine Blechtrommel vom Herzen gefallen, als der Plan Naherholung vom Tisch war. Manchmal ist so ein lokaler Regierungswechsel zu etwas nutze.

Dort oben sitzen, ihren kleinen Imbiss und eine Flasche Wasser aus dem Rucksack holen, ein paar Fotos machen, das ergab Erinnerungen, von denen sie lange zehrte. Die neue Chefin – Frauenquote – war barsch bis zur Unfreundlichkeit. Merkte sie nicht, dass die Arbeitsleistung allgemein abfiel? Doch, doch, sie merkte es, sie sprach es in Mitarbeitergesprächen an und versuchte Druck auszuüben. Waren die Chefs Mitte dreißig heute alle so?

Mira ließ das Gemeckere kalt, aber ihrer Freundin Marlies setzte es zu. „Marlies", war ihre Standardantwort zum Trost, „in einem halben Jahr gehst du in Rente. Was lässt du dich von dieser Trotteleuse noch so drängeln?" Marlies musste immer noch über das Wort Trotteleuse lachen. Aber sie hatte trotzdem erfolgreich versucht, sich für die letzten sechs Monate in eine andere Abteilung versetzen zu lassen.

Mira zog die Augenbrauen zusammen. Nein, das wäre für sie keine Lösung, obwohl sie ja noch ein paar Jahre vor sich hatte. Der Job war gut, die verbliebene Kollegin prima zum Arbeiten, Schwätzen und Ablästern. Ja, Lästern ist sicher eine üble Angewohnheit – aber Spaß machte es den beiden trotzdem.

Sie biss herzhaft in ihr Brot. Heute war Camemberttag, das heißt, zwischen zwei dicke Scheiben Oberländer quetschte sie reichlich von dem mit Paprikastückchen durchsetzten Käse. Eine Neuentdeckung. Manchmal wechselte sie die Käsesorte, oder wenn sie an ihre Kindheit erinnert werden wollte, wählte sie gekochten Schinken. Das war immer freitags, ihre Mutter hatte frisches Brot vom Bäcker geholt, und sie durfte sich dann aus dem duftend weichen Brot mit reichlich Butter und dem tropfnassen Schinken einen Doppeldecker schmieren. Mit diesem Brot räkelte sie sich dann auf ihrer Ausziehcouch und las die neueste Ausgabe einer Jungmädchenzeitung. Am liebsten den Fortsetzungsroman.

Mira kehrte in die Gegenwart zurück. Unterhalb des Waggons hatte sich neben der Leiter ein Loch mit modrigem Wasser gefüllt. Da musste sie aufpassen, dass ihr nicht versehentlich das Brot oder die Wasserflasche hineinfallen würde. Dann müsste sie bis zu ihrer Rückkehr Hunger leiden.

Der Polizei und den Redaktionen war er gleichgültig, man schob ihn raus. So eine

Räuberpistole! Das war der Kommentar, wenn sie ihn überhaupt mehr als zwei Sätze sagen ließen.

Mira. Seine Hoffnung. Aber er wusste nicht, wie er sie finden sollte. Telefonbücher gab es nicht, denn Telefonzellen waren kaum noch zu finden. Redeten die Menschen nicht mehr miteinander?

Einmal hatte er von einer noch intakten Zelle die Telefonseelsorge angerufen und sich erkundigt, wie man jemanden nach vielen Jahren finden kann. „Schauen Sie doch im Internet." Er schwieg. „Ja, danke." Keine Ahnung, wie das funktionierte.

Schließlich landete er in einem Internetcafé und fand sogar jemanden, der bereit war, ihm zu helfen.

„Praun, sagten Sie?" – Torge nickte. Der junge Mann bewegte Text über den Bildschirm. Dann schüttelte er den Kopf. „Sorry, unter dem Namen Mira Praun habe ich gar nichts gefunden." Torge bedankte sich und zog weiter. Natürlich, sie wäre jetzt verheiratet. Wenn er wenigstens wüsste, in welcher Stadt eine Suche sinnvoll wäre. Seine Eltern waren sicher schon tot.

Sie zog das Handy aus der Tasche und nahm etwa zwanzig Fotos auf. Die besten drei würde sie auf die Webseite hochladen. Dann war es langsam Zeit, nach Hause zurückzukehren. Vorsichtig kletterte sie an dem Waggon hinab, er war ein bisschen glitschig. Sie musste aufpassen, dass ihr die Füße nicht wegrutschten. Beim Abstieg fiel ihr die Wasserflasche aus dem Rucksack, sie hatte sie nicht fest genug angegurtet. Was sie die ganze Zeit befürchtet hatte, trat ein: Die Flasche fiel genau in das Wasserloch. Vorsichtig stieg sie möglichst rasch die Leiter hinunter. Es knarrte an allen Ecken, einmal rutsche ihr Fuß an einer glatten Fläche ab. Als sie endlich auf dem Boden ankam, war die Flasche verschwunden. Mira beugte sich über das Loch und versuchte, mit der Hand nach der Flasche zu fischen. Aber es war offensichtlich tiefer, als sie vermutet hatte. Nun ja, dann war die Wasserflasche eben weg. Es hätte schlimmer kommen können, z. B. das Handy treffen. Das wäre dann teuer geworden. Oder sie wäre vom Waggon gerutscht, ihr schauderte. Ob sie in dem Loch nach oben hätte schwimmen können? Es war nicht breit, da waren Bewegungen schwierig. Sie musste einfach in Zukunft noch vorsichtiger sein, ihren Lieblingsplatz aufgeben oder nicht mehr allein kommen. Sie kannte aber niemandem, mit dem sie diesen Ort teilen wollte. Er beherbergte zu viel von ihrer Seele. Nachdenklich fuhr sie nach Hause. Auf der Schnellstraße überholte sie noch so ein Irrer, natürlich vor einer Kurve. Wenn da ein Bus oder LKW auf der Gegenfahrbahn gewesen wäre, sie hätte keine Chance gehabt.

Zweimal war sie heute an den Rand des Lebens geführt worden. War das ein Zeichen? Für ihren nahenden Tod? Oder für eine Gefahr? Für eine Umwälzung? Sie schlief unruhig in dieser Nacht.

Selbst die Obdachlosen sahen ihn komisch an. Was war an ihm? Er musste irgendeine Ausstrahlung haben. Manchmal war ihm, als schreckten sogar Hunde und Katzen vor ihm zurück.

Eine Chance auf ein sogenanntes bürgerliches Leben malte Torge sich nicht mehr aus. „Ich muss realistisch sein!", sagte er sich immer wieder.

Nach langer Suche fand er einen Ort, an dem er sich verkriechen konnte. Die Lebensmittelbeschaffung war zwar schwierig, weil das Gebäude außerhalb des eigentlichen Stadtzentrums gelegen war, aber er hortete eben eine Menge und trug es in seinem

Reiserucksack „nach Hause". Horten hieß stehlen. Manchmal wunderte er sich über sich selbst und sein Leben. So heruntergekommen, dass sogar Obdachlose ihn ablehnten. Eine Zumutung für „anständige" Menschen, keine Chance auf Rehabilitation.

Es hatte ihm ja niemand geglaubt, dass er Torge Praun war. Wer war das überhaupt? Ach, der junge Mann, der damals verschwand? Der wäre jetzt Ende fünfzig, mein Freund (Ironie!), Sie sind aber garantiert so um die siebzig!

Wäre er nicht weggeschlossen gewesen von der Realität, hätte er DNA-Tests und Ähnliches anfordern können und damit das Desinteresse bei den Menschen bekämpfen, die er traf.

Nur per Zufall hatte er herausgefunden, dass er nicht in Hildesheim gelandet war! Wie weit war er verschleppt worden?

Er saß am Eingang seiner unterirdischen Hütte. Offenbar war der Boden hier eingebrochen, das locker aufgetürmte Holzgerüst darauf gleich mit. Er kaute auf einem alten Brötchen herum. Er sammelte auf, was er im Dunkeln in der Stadt fand. Anfangs hatte er auf dem Gelände sehr vorsichtig sein müssen, aber mittlerweile kannte er jeden

Stein, jede Pfütze. Dennoch blieb er wachsam, denn er wusste, dass sich jederzeit wie von Geisterhand neue klaffende Erdwunden auftun konnten.

Er war einst, daran hatte er vage Erinnerungen, der Klassenbeste gewesen. Knapp gefolgt von Mira. Manchmal war es umgekehrt. Aber heutzutage fiel ihm das Denken so schwer. Es schmerzte ihn fast körperlich.

Torge wusste, dass er stumpf war, abgestumpft. Ein überflüssiges Lebewesen, das einfach nicht bereit war, von der Erdoberfläche zu verschwinden und in den Recyclingzyklus von Lehm, Mensch und Insekten zu gleiten. Sein Blick war so leer wie sein Kopf, wenn er stundenlang mit gekreuzten Beinen vor dem Eingang saß.

Am Wochenende kamen schon mal Ausflügler hierher. Er versteckte sich. Menschen ängstigten ihn. Einmal hatte ihn ein kleines Mädchen gesehen, es riss die Augen auf und lief schreiend davon.

Da fielen ihm ab und an Tränen aus den Augen. Auch das war früher anders gewesen. Er hatte durchaus seine Chancen gehabt. Lukas hatte sie ihm alle genommen. Torge hoffte auf die Existenz von Himmel und Hölle, auch wenn er nicht an die Existenz einer überirdischen Macht glaubte. Gäbe es eine, hätte sie ihn aus diesem furchtbaren Stadium des Lebenslieferanten auf eigene Kosten früh befreit, hätte ihm wie so vielen anderen eine Chance auf eine Existenz, nicht nur auf ein Vegetieren gegeben.

Nur noch zwei Jahre bis zur Rente. Sie würde einmal das sein, was man „eine rüstige Rentnerin" nennt. Ihre praktische Kurzhaarfrisur und ihr eher burschikoses Auftreten entsprachen diesem Vorurteil. Trug sie doch auch meist Jeans und Wanderschuhe.

Sie war stolz, dass sie es geschafft hatte, ein Leben ohne Torge zu führen. Das heißt, ohne ständig nach ihm zu suchen oder an ihn zu denken. Sein Foto stand fraglos immer noch auf ihrer Anrichte. Wie würde er heute aussehen, so Anfang sechzig? Schüttere oder keine Haare, dick, muskulös oder hager? Da sie zweieiige Zwillinge waren, konnte sie nicht unbedingt von sich auf ihn schließen.

Sie war immer noch überzeugt, dass er lebte. Sie hatte immer noch dieses *Gefühl*. Es lag im Bereich des Möglichen, dass er aus Abenteuerlust ins Ausland gereist war. Er hatte ihr einmal vorgeschlagen, dass sie zusammen abhauen. Aber das hatte ihr einen Schrecken eingejagt. Nein, nicht alles Vertraute hinter sich lassen, das war nicht ihrs. Sie brauchte Beständigkeit und Boden unter den Füßen. Er hatte das scheinbar akzeptiert und gesagt, dass er dann auch bliebe, denn ohne sie wäre das Ganze sinnlos. Oder hatte er sich doch eines Anderen besonnen?

Und wenn Torge jetzt ein reicher Plantagenbesitzer in Brasilien wäre? Käme er zurück und würde nach ihr suchen, damit sie zusammen auf der Veranda seiner Hazienda den Sonnenuntergang beobachten könnten, während seine Enkelkinder zu seinen Füßen spielten? Sie lächelte. Ja, das war ein Traum, der sie wohlig ausfüllte. Theoretisch konnte Torge durchaus tot sein, schon klar.

Caspar war letztes Jahr gestorben. Obwohl er eine Frau und zwei Kinder hatte, hinterließ er Mira eine kleine Summe. Sie hatte keine Ahnung, woher diese Anstandsregung beim ihm kam. Hatte er doch gegen Ende unter Gewissensbissen gelitten? Sie benötigte dieses Erbe nicht zum Leben. Aber wer kann ein bisschen Geld extra nicht gebrauchen?

Nachdem ihr damals die Wasserflasche in das Loch gefallen war, hatte sie das Betriebswerk eine Weile gemieden. Dennoch hatte es seinen Zauber für sie behalten, und so fuhr sie jetzt doch gelegentlich wieder hin. Aber auf den Waggon zu klettern kam nicht mehr infrage.

Manchmal bot sie Führungen an verschiedenen Lost Places für Anfänger an. Sie forderte kein Geld dafür, die Gesellschaft anderer Menschen wusste sie durchaus zu schätzen. Dieser Enthusiasmus der Neulinge steckte sie immer wieder an.

Sie war in der letzten Zeit viel in anderen Städten gewesen, hatte im Urlaub sogar Orte im Ausland besucht. Aber jetzt war es wieder einmal Zeit, zu ihren Lost-Place-Wurzeln zurückzukehren, nämlich dem Betriebswerk West. Kristina, eine Urbexerin, die seit zwei Monaten dabei war, hatte Mira um Begleitung dorthin gebeten. Sie war so fasziniert von den Fotos, die Mira vorgestellt hatte. Und so hatten sie sich für den kommenden Samstag verabredet, vierzehn Uhr am sogenannten Eingang.

Mira hatte vorgeschlagen, dass Kristina zu ihr nach Hause käme, dann könnten sie zusammen hinfahren. Aber diese hatte noch irgendeinen wichtigen Termin vorher, wollte trotzdem unbedingt am Samstag dorthin. Nun denn, dann musste Kristina eben mit dem Moped nachkommen, auch wenn Mira ein Auto für den holprigen Weg geeigneter fand.

Sie bereitete den Rucksack vor. Sie lud das Smartphone auf knapp unter 100 Prozent auf, füllte die grüne Wasserflasche und steckte ein paar Süßigkeiten ein. Mehr brauchte sie nicht.

In der kalten Jahreszeit war es hart. Anfangs war er überzeugt, dass er den ersten Winter nicht überleben würde. So kalt, so nass und keine Heizung. Aber der menschliche Körper ist eine geniale Erfindung, und der Winter war relativ mild. Mittlerweile hatte er sich ein paar wärmere Kleidungsstücke „besorgt". War es nachts oder auch tagsüber extrem kalt riskierte er ein kleines Feuer aus dem Holz, das er gelegentlich in der Umgebung fand. Sein Leben war völlig sinnentleert, er war nicht einmal mehr Spender von Zellen für einen anderen Menschen. Was war es in ihm, das ihn dennoch am Leben hielt? Warum legte er sich nicht einfach an einem solchen kalten Wintertag in eine zugige Ecke und schlief ein, um nie wieder aufzuwachen?

Jetzt war Frühling, Torge hatte den Winter wieder einmal ohne größere Krankheit überstanden. Nur in der Woche, in der es endlich wieder wärmer wurde, da hatte ihn ein hartnäckiger Husten erwischt. Hustenkrämpfe über etliche Minuten überfielen und schwächten ihn. Er schleppte sich mühsam zum Eingang der Hütte und schaute aufwärts. Würde er jemals wieder die Kraft haben, nach oben zu klettern und im Dunkel der Nacht etwas Essbares zu besorgen? Seine Vorräte reichten noch für ein paar Tage. Dennoch breitete sich allmählich eine gewisse Unruhe in ihm aus, was er selbst völlig überflüssig fand, denn ob er dahinsiechte oder wieder gesundete, spielte doch überhaupt keine Rolle.

Kristina kam eine halbe Stunde zu spät. Früher hätte sich Mira darüber aufgeregt. Heute saß sie einfach auf einem Stein und genoss ‚Zeit des Lebens‘, wie sie es nannte. Es ist alles Lebenszeit, ob im Stau, in der Schlange oder mit den Augen auf einem Bildschirm. Nichts ist überflüssig, nichts ist wegzuwünschen, alles ist zu genießen.

Sie hatte Kristina davor gewarnt, auf den Waggon zu steigen. „Die Wand ist glitschig, die

Leiter rutschig, dahinter ist ein tiefes wasser-
gefülltes Loch." Sie weigerte sich, mit hochzuklettern und, wie von labilen Charakteren zu
erwarten, beschuldigte Kristina sie später. Sie
war – für Mira wenig überraschend – an der
Leiter abgerutscht, zwei Sprossen brachen durch.
Kristinas Handy und ihr Rucksack landeten mit
Schwung in dem modrigen Wasserloch. Sie hatte
zwar die junge Frau nicht auffangen, aber
immerhin mit dem Handy Hilfe herbeiholen
können. Wenigstens war sie nicht ins Wasser
gefallen. Sie entschied an diesem Zeitpunkt end-
gültig, nie wieder mit jemandem zusammen Orte
auszukundschaften.

Noch vor wenigen Jahren hätte er kein sol-
ches Wasser getrunken. Und wenn dir
jemand regelmäßig Mahlzeiten bringt, musst
du auch keine Schimmelbrötchen von der
Straße auflesen. Er hatte damals sogar einmal einen Hungerstreik begonnen, aber
Schmerzen sind zumindest am Anfang
schlechter auszuhalten als Hunger. Fest-
gebunden auf einem Bett, fixiert, mit Schläu-
chen für Flüssigkeits- und Nahrungszufuhr in
den Armen – das ließ jeden Hungerstreik
lächerlich erscheinen.

Wenn sie mit dem Auto auf die Schnellstraße oder die Autobahn fahren wollte, führte sie der kürzeste Weg durch die Eckartstraße. Vor mindestens zehn Jahren war ihr die Ruine zum ersten Mal aufgefallen. War jemals geplant, ein Wohngebäude, eine Einkaufszeile oder ein Parkhaus daraus zu erbauen? Sie versuchte gelegentlich, Informationen zu finden. Am Bauzaun um das Gelände war die Firma Beggart GmbH erwähnt. Sie rief dort an, der Anruf ging ins Leere. Oder ein Computer schickte sie durch eine Auswahl zwischen verschiedenen Zahlen, die aber – wie sie ausprobiert hatte – alle wieder in der Leere endeten. Weitere Recherchen ergaben, dass die Firma vor drei Jahren geschlossen worden war. Auch ein Architekt wurde erwähnt, aber diese Telefonnummer führte ebenso ins Nirwana. Die Bauingenieurin übte ihren Beruf noch aus, murmelte jedoch nur etwas wie: „Da hat dann das Geld am Ende gefehlt, keine Ahnung, ich muss mal darauf dringen, dass mein Name dort entfernt wird." Damit legte sie auf. Weitere Anrufe brachten Mira nicht weiter. Das war sie mittlerweile schon gewohnt.

In den Urbex-Foren konnte ihr keiner bei der Frage weiterhelfen, ob diese Ruine ein Lost Place sei oder nicht. Hatten neuerdings alle Angst vor einem großen Schild, auf dem „Nicht betreten" stand? Das war doch sonst nie ein Hinderungsgrund.

Sie könnte auch einmal auf das Gebäude klettern. Sie hatte keine Verwandten, ihr Freundeskreis war überschaubar. Wer würde sich um sie kümmern, wenn sie nicht mehr in der Lage wäre, sich selbst zu versorgen? Solche Überlegungen gingen ihr immer öfter durch den Kopf. Sich von dem Gebäude viele Meter hinunter auf den Boden zu stürzen, wäre eine Option. Das müsste sie allerdings tun, solange sie noch fit genug war. Und diese Grenze zu erkennen, erwies sich als schwierig.

Torge machte sich ein kleines Feuer. Ihm war immer so kalt. Zwar hatte er vor ein paar Tagen einen warmen Lodenmantel „gefunden", der half jedoch nur begrenzt. Er vermied es, irgendwo sein Spiegelbild zu betrachten. Aber an diesem Abend hatte er es nicht verhindern können, sich in der Auslage des größten Delikatessengeschäfts des Orts zu sehen, den Mantel in den Rucksack gepresst. Er wünschte, das wäre nicht passiert. Ein Schatten seiner selbst – das würde ihn noch sehr positiv beschreiben.

Heute war es so weit. Sie wollte ihren Samstag der Ruine widmen. Es waren Ferien, sie erwartete kein Zusammentreffen mit anderen Menschen. Sie fand eine Stelle im Bauzaun, durch die sie sich mit ein wenig Mühe quetschen konnte.

Das Gebäude war eine Sensation. Warum besuchte es niemand? Sie nahm so viele Fotos auf wie schon lange nicht mehr. Aber auf der Webseite würde sie diese erst einpflegen, wenn sie mit dem Gebäude durch war. Sie verspürte keine Lust auf eine zweite Kristina-Erfahrung. Oder gar ein Zusammentreffen mit diesen Jungspunden, die keinen richtigen Respekt mehr vor den alten Gebäuden hatten.

Es gab nicht einmal Graffiti auf den Wänden. Der Rohbau roch trotz der vielen Öffnungen muffig. Woher kam der Geruch? Im Erdgeschoss sah sie eine Stahltür, die vermutlich in einen Keller führte. Diesen zu erkunden, bewahrte sie sich für ein andermal auf.

Mira hatte sich zum Ziel gesetzt, auf die oberste Etage zu gelangen, aber vorher war eine kleine Stärkung angesagt. Sie packte ihr Sandwich und die Kekse aus und nahm einen großen Schluck aus der Thermoskanne. Pfefferminz-Melisse hat sie heute ausgewählt.

Damals, daran erinnerte sie sich, hatte sie per Zufall erfahren, dass Caspar gestorben war. Gemeinsame Bekannte erzählten ihr davon. Irgend so eine Kreislaufgeschichte, oder war es doch Krebs? Es war ihr egal, er spielte keine Rolle mehr in ihrem Leben. Dennoch liefen ihre Gedanken heute rückwärts in die Zeit, wie das angefangen hatte. Und weiter zurück, das blieb nicht aus. Bis hin zu Torge. Wenn er lebte, sie spielte dieses Gedankenexperiment immer wieder durch, wie würde er heute aussehen?

Es war Zeit, nach oben zu klettern. Die Betonstufen zeigten bereits Zeichen der Verwitterung, kleine Ecken waren ausgebrochen. Es waren – sie hatte mitgezählt – zwölf Stockwerke. Zwölf mal dreiundzwanzig Stufen. Sie war außer Atem. Aber es hatte sich gelohnt. Die Aussicht von oben war gigantisch. Sie hätte sich am liebsten den Sonnenuntergang von hier angesehen, aber sie wollte es nicht riskieren, diese marode Treppe bei unzureichendem Licht hinunterzugehen.

An einer Ecke zog sich ein Geländer über einige Meter, es war völlig verrostet. Dennoch half es ihr dabei, ein wenig geschützt am Rand zu stehen und hinunterzusehen. Wie konnte sie nur eine Sekunde geglaubt haben, hier einer potenziell drohenden Pflegebedürftigkeit oder Demenz davonfliegen zu können? Sie brauchte sich nur auszumalen, wie das ist, wenn man diesen letzten Schritt tut, über den Rand. Zwölf Stockwerke sind hoch, da kann man viele Male bereuen, dass man die falsche Entscheidung getroffen hat, aber zurückfliegen ist nicht. Ein kleiner Schüttelfrost überkam sie, und sie trat trotz des Geländers zwei Schritte zurück. Nein, da musste sie etwas anderes finden.

Seit er vor zwei Wochen Schritte gehört hatte, war er noch vorsichtiger. Kein Feuer mehr, er saß stundenlang unbewegt. Er wollte nicht gefunden werden. Jeder halbwegs normale Mensch würde schreiend vor ihm weglaufen, und das einmal erlebt zu haben, war so schrecklich, dass ihm vor einer Wiederholung graute.

Die Schritte kamen näher und entfernten sich dann. Sie wurden immer leiser. Aber er war auf der Hut!

Sie war so froh, dieses Abbruchgebäude gefunden zu haben. Eine echte Entdeckung! Dass dort außer ihr niemals jemand anzutreffen war, erschien ihr unverständlich. Der ideale Lost Place, und keiner wollte ihn erforschen?

Abends sichtete Mira ihre Fotos. Den Großteil löschte sie, denn sie war kritisch. „Schlechte Aufnahmen kann jeder sammeln, ich nicht!", war ihre Devise. Vage erinnerte sie sich an ihre Kindheit, als Fotografieren zu den eher seltenen Hobbys zählte. Digitalkameras waren Luxusobjekte, die alten Papierfotosessions wurden aus finanziellen Gründen eingeschränkt. Jetzt aber wurde geschossen, geschossen, geschossen – was in der Regel eine Grundlage für eine qualitativ hochwertige Auswahl war. Sie selbst kam selten ohne einige hundert Aufnahmen nach Hause. Aber wer war sonst noch kritisch den eigenen Bildern gegenüber? Verzerrte Perspektiven, langweilige Ausschnitte, der 576. Sonnenauf- oder Untergang mit nahezu berstendem Feuerball. Sie nahm sich gelegentlich zwei Wochen Zeit, um Aufnahmen immer wieder zu sichten, um mit Sicherheit die richtigen aufzubewahren. Von vier- bis fünfhundert Bildern blieben manchmal nur zwei übrig.

Sie hatte die Ruine in der Eckartstraße schon fast vollständig erforscht. Nur das Kellergewölbe, das sie unterirdisch hinter der Stahltür vermutete, hatte sie bisher nicht betreten. Das plante sie für den nächsten Besuch. Es war dieser modrige Geruch, der sie bis heute davon abgehalten hatte. Aber die Neugier wuchs. Was würde sie dort finden? Verweste Leichen, Mumien, tote Tiere? Sie hoffte nicht. Glitschige, vermooste Wände, an denen das Wasser bei Regen herunterlief? Oder gut erhaltene Ecken, in denen kleine Schätze lagerten? Mit Schätzen meinte sie kein Gold oder Wertgegenstände, sondern einfach Entdeckungsschätze. Dinge, die die Arbeiter hatten liegen lassen, leere Wasser- oder Bierflaschen. Die eine oder andere Wolldecke. Alles konnte sie detailliert fotografieren.

Nach Hildesheim hatte es ihn verschlagen, das hatte er eines Tages von einer Krankenschwester erfahren. Was würde Schwester Gabi wohl sagen, wenn sie ihn heute sehen würde, ihn, der wie eine Ratte in einem Holzverschlag hauste? Das waren die Tage, an denen er klar dachte. Vielleicht hatte man ihn belogen? Als er aus der Klinik geflohen war, hatte er keinen Hinweis entdeckt, in welcher Stadt er sich befand. Hildesheim hatte er nie besucht. Wie sollte er dann beurteilen, wo er sich befand? Seine Heimatstadt war Düren, da kannte er sich aus. Aber Düren war das hier definitiv nicht. Er sackte in sich zusammen, legte sich zur Seite mit dem Kopf auf einen Rucksack, den er gefunden hatte, und schlief ein. Er hatte vergessen, auf der Suche nach etwas eventuell Nützlichem in den Rucksack zu schauen.

So, ihre kleinen Vorräte hatte sie zusammengepackt. Die übliche Flasche Wasser, ein paar Kekse, eine Banane, drei unbelegte Rosinenbrötchen. Diesmal hatte sie sich wieder einmal für eine Busfahrt entschieden. Sie übte sich darin, ohne Auto in der Welt zurechtzukommen. Wenn ihr kleiner Kombi eines Tages zusammenbräche, würde ihre Rente kaum für einen neuen Wagen reichen. Daher dosierte sie die Fahrten.

Die Eckartstraße war lang, die Haltestelle lag an der Kreuzung mit der Stilbenstraße. Es war fast unheimlich – die munter belebte Stilbenstraße, mit kleinen Geschäften, Cafés und immer voller Menschen. Dann bog sie in die Eckartstraße ein, und sofort änderte sich das Bild. Eine tote Straße, nur selten sah sie ein Auto passieren. Geschäfte gab es nicht. Bei den Gebäuden mit den niedrigen Hausnummern standen ein paar baufällige, aber bewohnte Sechsfamilienhäuser. Ansonsten dominierte „ihr Parkdeck", wie sie es zu nennen beschlossen hatte, die Straße. Wie üblich war niemand zu sehen, sie würde das Gebäude für sich haben. Als sie zum ersten Mal darüber nachgedacht hatte, das Untergeschoss zu betreten, hatte sie überlegt, eine Taschenlampe mitzunehmen, das war in Kellergewölben sinnvoll. Aber das hatte sie schon länger aufgegeben, denn selbst preiswerte Smartphones boten mittlerweile auf der Rückseite LED-Taschenlampen mit einem großen hellen Lichtkreis.

Weil Mira diesen Ort für sich behalten wollte, hatte sie die Brombeerhecke an einem Teil des Zauns bis zu ihrem Durchgang gebogen. So blieb er fast verborgen, falls doch zufällig mal ein neugieriger Fußgänger vorbeikäme.

Den Akku hatte sie zu 98 % geladen, sie hatte sogar eine Powerbank eingesteckt. Man weiß nie! Dann stand sie wieder vor der Stahltür, der sie regelmäßig einen Besuch abgestattet hatte.

Sie schluckte. Sie sah sich um und griff zur Klinke. Dazu hatte sie sich bis zu diesem Tag nicht durchringen können. Es durchzuckte sie wie ein Blitz, als die Türe sich krächzend und ohne größeren Widerstand öffnete. Sie war gar nicht abgeschlossen. Mira spähte hinein, es war dunkel. Sie leuchtete den Eingang mit dem LED-Strahl aus, Stufen führten hinab. Ein Seitengeländer gab es nicht, die Treppe war relativ steil.

Sie nahm zahlreiche Fotos auf. Das wäre eine Sensation, so ein lange unentdeckter Lost Place im Zentrum von Aachen. Na ja, nicht direkt mitten drin, aber immer noch innerhalb des Stadtgebiets.

Rechts war eine Wand, an die gepresst sie vorsichtig nach unten schreiten konnte. Es war so aufregend, ihr Entdeckergeist nahm überhand.

War das Schicksal gerecht zu ihm? Warum hatte es ihm diese Blutbeschaffenheit gegeben? Manchmal haderte er mit den Wendungen seines Lebens. Ein vergeudetes Dasein, genau das schien ihm beschieden zu sein.

Sie arbeitete sich vorsichtig vorwärts, und ihre Hand ließ die Wand nicht los. Sie hatte die Stufen nicht gezählt. Musste denn jetzt nicht bald der Boden kommen? Sie bewegte sich etwas schneller und war überrascht, dass es nicht so trocken weiterging, wie es begonnen hatte. Die Wand endete plötzlich, die Stufen waren dick mit glitschigen Algen überzogen. Sie merkte, wie sie rutschte, wie ihr Rucksack mit lautem Gepolter in irgendeinen Abgrund stürzte. Wie hatte ihr das passieren können? Sie sah nichts außer endloser Dunkelheit.

Nachdem sie einige Minuten unbewegt verharrt hatte, wollte sie sich aufsetzen. Es ging nicht! Ein stechender Schmerz zog sich von ihrem Steißbein bis hoch in die Schulter. Sie biss die Zähne zusammen, aber es half nicht. Der Schmerz war schier unerträglich. Wohin war ihr Handy gefallen? Sie hatte es, da war ihre Erinnerung klar, in der Hand gehalten und noch routinemäßig kontrolliert, dass sie hier unten Netz hatte.

Wenn er Glück hatte, traf er im Dunkel der Nacht auf einen Toten. Ein neuer Mantel, eventuell sogar neue Schuhe und mit ein bisschen Glück gab es sogar Bargeld. Obwohl er immer misstrauisch beäugt wurde, wenn er einkaufen ging, konnte ihm keiner einen Diebstahl nachweisen. Torge hatte gar

nicht die nervliche Verfassung, einen Lebenden zu bestehlen.

Dann sah sie es. Das LED-Licht leuchtete nach unten. Deshalb hatte sie das Handy nicht sofort gesehen. Wie weit war es entfernt, zehn Meter, oder zwanzig? Wenn sie schon nicht aufstehen konnte, würde sie eben bis zum Handy robben. Das müsste doch möglich sein! Sie biss die Zähne zusammen. Nach einer Anstrengung, die sie etwa zwei Meter weiterbrachte, nahm der Schmerz überhand. Zusätzlich entdeckte sie, dass sie sich offenbar den rechten Arm verletzt hatte. War er vielleicht gebrochen?

Wenn sie wenigstens bis zu diesem Handy käme! Und das müsste bald sein. Sie hatte zwar den Akku gut gefüllt, aber ewig würde der nicht halten, vor allem mit der leuchtenden Lampe.

Torges Kopf brummte und er sah die Geister der Unterwelt. Erst hatte er einen Schreck bekommen. Wurde er verrückt? Oder war er es bereits? Er gewöhnte sich an ihren Anblick, manchmal sprachen sie mit ihm.

Die Stunden liefen vorbei. Zumindest hatte sie das Gefühl. Sie hatte Durst. Sie hatte Hunger. Ein paarmal hatte sie nach Hilfe gerufen, aber natürlich hatte das niemand gehört. Es wäre schon ein großer Zufall, wenn doch einmal jemand hier vorbeikäme.

Es war bald Zeit, sich wieder in die Außenwelt zu begeben. Seine Vorräte reichten nicht mehr lange. Diese Touren wurden jedes Mal anstrengender. War es eine Option, sich einfach in eine Ecke zu legen und die Atmung einzustellen? Er versuchte es, aber irgendetwas zwang ihn nach wenigen Minuten, den Mund zu öffnen und die moderige Luft einzuatmen.

Das Licht der Taschenlampe wurde blasser. Sie hatte Durst, aber nichts zu trinken. In ihrer Verzweiflung hatte sie mehrmals ihren Kopf so gedreht, dass ihr Mund die nasse Algenfläche erreichte. Aber um ihren Durst zu stillen, reichte das nicht. In ihren letzten wachen Momenten zogen Teile ihres Lebens an ihr vorbei. Vor allem Torge. Sie meinte sogar, Torge ins Gesicht zu sehen.

Heute wollte er sich aufraffen. Hatte er nicht Geräusche gehört an der Südseite? Er erinnerte sich nicht, warum er diese Seite als Südseite bezeichnet hatte.

Er humpelte hin. Dann sah er die Leiche. Er näherte sich ihr, da lag eine ältere Frau. Der Mantel könnte ihm passen. Ob sie Geld bei sich trug? Oder solch ein komisches Teil, so ein Handy? Für ein derlei merkwürdiges Objekt fand er immer jemanden, der es gegen ein Brot tauschte.

Seine Kraft war verschwunden. Dennoch mühte er sich und zerrte an dem Mantel. Er schaute nicht auf das Profil der Frau, er schätzte ihr Alter auf über sechzig Jahre.

Dann kam der Schock – sie röchelte etwas, sie schien Worte mit aller Kraft herauszustoßen, sie waren unverständlich. Vor Schreck ließ er den Mantel los und humpelte eilig zurück in seine Hütte im Nordteil des Gebäudes. Er überlegte nicht einmal, ob er ihr helfen sollte. Über diesen Teil der Menschlichkeit war er lange hinaus. Zwei Nächte, dann wäre es sicher, den Mantel zu holen. Eine ältere Frau. Das erinnerte ihn an Mira. Wie sie wohl heute aussähe? Sie musste annähernd im Alter der auszuschlachtenden Leiche sein. Ja, noch zwei Nächte, dann könnte er sich den Mantel holen. Noch nie hatte er so einen wärmenden, wattierten Stoff sein Eigen genannt.

Es war kalt. Er legte sich hin. Er merkte nicht einmal, wie sein letztes bisschen Geist ihn verließ. Plötzlich riss er die Augen auf und röchelte „Mira!". Hatte er verstanden?

Für zartbesaitete Gemüter gibt es ein alternatives Ende:

Mira war völlig benommen. Sie hatte Kopfschmerzen. Sie setzte sich auf. Was für ein Alptraum! Sie zwang sich, ins Bad zu gehen und ein paar Schlucke Wasser zu trinken. Sollte ihr der Traum eine Warnung sein, dieses Parkdeck nicht mehr aufzusuchen, einfach aufzuhören mit dem vor allem in ihrem Alter nicht ganz ungefährlichen Hobby?

Oder aber war der Traum keine Warnung, sondern ein Hinweis? Ein Hinweis auf ihren verschollenen Bruder? Gibt es übersinnliche Kräfte? Hatte ihr Bruder sie während seiner letzten Atemzüge über die Welt der Geister gerufen? Sie schalt sich albern. Aber es nagte an ihr. Es konnte doch nicht schaden, einmal dort den Keller aufzusuchen. Nur um sicherzugehen.

Die Stahltür war gar nicht abgeschlossen, der Abstieg über die geländerlose Treppe schwierig. Sie versuchte, etwas zu sehen, aber die LED leuchtete nicht so weit. Vorsichtig schritt sie über den rutschigen Boden. Einmal stürzte sie auf die Knie. Das hätte noch gefehlt, dass sie sich bei einem Sturz schwer verletzten würde!

Schließlich entdeckte sie die Hütte am anderen Ende der unterirdischen Halle. War das einmal der Aufenthaltsraum für das Betriebspersonal gewesen? Sie tappte weiter. Dann hörte sie ein leises Stöhnen. Sie eilte zu der Hütte und schaute hinein. Erst sah sie den Mann nicht, bis sich in einer Ecke voller Lumpen etwas regte.

Sie wusste nicht, ob sie Angst hatte oder nicht. Ihr Herz schlug immer lauter. Sie näherte sich der Ecke, aus der das Geräusch kam. Dort lag wahrhaftig ein Mensch, der Rest eines Menschen, zum Skelett abgemagert, zitternd vor Kälte unter einem Lodenmantel. War das ein Obdachloser? Der Traum fiel ihr ein, er hielt sie gefangen. Sie ging näher auf die Gestalt zu. Es roch nach Schmutz und faulem Atem.

Dann schlug der Mann die Augen auf. Diesen Blick hatte sie nicht vergessen, niemals über die Jahrzehnte. Sie kniff die Augen zu, war das eine Art Fiebertraum? Der Mann sah sie verängstigt an und schlug die Arme schützend vor seinem Gesicht über Kreuz, nur seine Augen konnte sie sehen.

Sie beugte sich über ihn. „Torge?" Er reagierte nicht. Hatte sie sich geirrt, in diesen

Augen geirrt? Noch einmal: „Torge? Ich bin's, Mira!" Nach endlosem Schweigen lächelte es aus den Lumpen, das hohle Gesicht verzog sich. Der Mann stotterte etwas, es war nahezu unverständlich, konnte es „Paradies" bedeuten?

Sie hatte ihm Wasser aus ihr Wasserflasche gegeben, und ein trockenes Rosinenbrötchen. Er verschlang es. Er konnte nicht sprechen. Mit dem Handy alarmierte sie einen Rettungswagen.

Sie besuchte ihn täglich im Krankenhaus, wo man versuchte, ihn aufzupäppeln. Er war extrem furchtsam und zappelte, als man ihn auf ein Krankenhausbett legen wollte. Nur Mira hatte die Fähigkeit, ihn zu beruhigen.

Er war an einer Lungenentzündung erkrankt. Sie war durch ein geschwächtes Immunsystem aufgrund von Hunger, Durst und Kälte ausgelöst worden.

Langsam kam Torge zu Kräften und zu Verstand. Mäßig zu Verstand, musste Mira zugeben. Das obdachlose Leben hatte seinen Tribut gefordert. Sie versuchte manchmal vorsichtig, herauszufinden, was er die ganzen Jahre gemacht hatte. Aber diese Räuberpistole, die er ihr vorstotterte, erschien ihr doch zu seltsam. Vermutlich neigte er wie sie zu heftigen Träumen.

Egal, sie hatten sich gefunden. Wenn er in wenigen Wochen aus dem Krankenhaus entlassen würde, war noch eine Reha angesetzt. Er hatte eine merkwürdige Gedächtnislücke über Weltereignisse und technische Entwicklungen. Körperlich und mental sollte er dann in vier Wochen wieder aufgebaut werden.

Im Kurort zog Mira in ein nahegelegenes Hotel. Die Geschwister gingen gemeinsam spazieren. Es schmerzte sie immer wieder, zu sehen, wie er zwischen Wachsein und Alpträumen, kleinen klareren Momenten und mentalen Zusammenbrüchen hin- und herschwankte.

Aber er hatte sie erkannt. Die schönsten Momente waren, wenn sie auf einer Parkbank saßen, nahe beieinander, und den Anblick der Pflanzen im Sonnenlicht genossen. Vielleicht könnten sie sogar eines Tages wieder Zukunftspläne schmieden, so wie früher. Mira gab die Hoffnung nicht auf.

Torge ist verschwunden
(Janina Schmiedel)

Ratte

Arschgesicht Nr. 5 brauchte eine Ewigkeit, um sich die drei Stockwerke nach oben zu schleppen. Ich hatte genug Zeit, mir was überzuziehen. Einen schwarzen Hoodie und die Jeans, die ich am Abend ordentlich zusammengeknüllt hinters Bett gelegt hatte. Er musste mich wirklich nicht in meinem PJ-Harvey-Nachthemd sehen.

Als er in der Tür stand, dachte ich erst, die abgerissene, blasse Gestalt wäre vielleicht doch nur ein Nachtgespenst. Aber Arschgesicht taumelte ziemlich real aus dem dunklen Treppenhaus in meinen Flur und verbreitete einen unangenehm dumpfen Geruch von Wäsche, die zu lange in der Waschmaschine gelegen hatte, und abgestandenem Aftershave.

„Hab nicht mit dir gerechnet, daher kein Kuchen, keine Schnapspralinen …"

„Lass den Scheiß! Torge ist weg." Er wirkte nicht betrunken. Ich war nicht sicher, ob ich das als gutes Zeichen werten sollte. Unter Alkoholeinfluss war er gewaltbereiter, aber auch noch dämlicher als so schon. Nüchtern wusste er genau, was er wollte. Und das war meist mit Nachteilen für sein Gegenüber verbunden.

Ich starrte ihn an und hoffte, dass er nicht versuchte, meinen Gesichtsausdruck zu deuten.

„Können wir das bitte nicht im Flur klären?" Er klang genervt. Einfach würde er es mir nicht machen.

Ich deutete Richtung Küche und fragte mich, warum ich ihm überhaupt die Tür geöffnet hatte.

Er ließ sich mit einem dramatischen Ächzen auf einen der klapprigen Stühle fallen, während ich im Türrahmen stehen blieb. Er sah wirklich richtig scheiße aus. Heruntergekommen. Kaum vorzustellen, dass meine Mutter mal was an ihm gefunden hatte. Allerdings hatte sie schon immer einen exzentrischen Geschmack. Arschgesicht Nr. 5 war, wie sein Name bereits verrät, nicht der erste. Aber immerhin war er einer von denen, die lange genug geblieben waren, um eine Nummer zu bekommen. Dass viele Männer meine Mutter ausgenutzt haben, heißt nicht, dass ich die Vergehen jedes Einzelnen vergessen habe. Sie hatte wirklich die Fähigkeit, sich immer die größten Affen auszusuchen.

„Also, was willst du hier?"

„Ich kann Torge nicht erreichen."

„Und?"

„Seit Wochen, Mensch. Der ist weg."

„Vermutlich unterwegs", sagte ich.

Er sackte leicht in sich zusammen. Wahrscheinlich führte er dieses Gespräch gerade nicht zum ersten Mal. Und offenbar hatte ihm bisher niemand Beachtung geschenkt. Torge war mit fünfzehn das erste Mal von zu Hause weg. Aus guten Gründen. Logisch wollte er keinen Kontakt zu seinem Vater. Das war kein Geheimnis, auch für die Polizei nicht. Niemand würde diesem abgewrackten Penner verraten, wo sich sein erwachsener Sohn aufhält. Er hatte kein Recht darauf, ihn weiter zu quälen und auszupressen, bis nichts mehr von ihm übrig war.

„Verdammt, diesmal ist es wirklich ernst." Er starrte mich an, das linke Auge fokussierter als das rechte, das eher trübe hinter seinem herabhängenden Lid hervorlugte. Wie ein Wahnsinniger, der zu allem bereit ist. Beeindruckte mich nicht.

„Und was willst du jetzt von mir?", fragte ich.

„Ich weiß, dass du einen guten Draht zu ihm hattest."

Einen Scheiß wusste er.

„Du musst mir verdammt noch mal sagen, wo er ist. Er ist der Einzige, der mir noch bleibt."

„Ja, außer dass er jetzt weg ist." Logisch, dass Arschgesicht das nicht witzig fand.

Die digitale Uhr am Backofen zeigte 4:04. Error. Not found. Ironisch.

„Ich glaube, du verstehst mich nicht", zischte Arschgesicht plötzlich so nah vor meinem Gesicht, dass ich erstarrte. Er presste mich mit seiner immer noch imposanten Kraft gegen den Türrahmen. Es war klar, was er damit sagen wollte: Das hier war nicht das Flehen eines unglücklichen Vaters. Es war der Befehl eines machtgeilen Mistkerls, der sich einbildete, Mafiaboss spielen zu können.

„Du findest heraus, wo er sich aufhält. Ist das klar?"

Wie überaus filmreif.

„Wenn nicht …" Er zögerte. Mann, hatte er sich nicht einmal das vorher überlegt? Musste er sich jetzt noch schnell etwas ausdenken, womit er mir drohen konnte?

„Wenn nicht", wiederholte er, „ist mir vielleicht danach, einer durchgeknallten Tussi mit Leopardenleggings auf dem Weg zum Kosmetikstudio etwas zustoßen zu lassen."

Okay, das saß. Ich drehte innerlich durch bei dem Gedanken, dass er meiner Mutter etwas antun könnte. Aber er meinte es sowieso nicht ernst. Er genoss es einfach, mir zu drohen. Er hatte sich kein bisschen verändert. Ich ließ mir nichts anmerken. Es war nur ein Spiel. Und ich beherrschte dieses Spiel: ruhig bleiben, sein blödes Gehabe einfach abprallen lassen. Es fuckt ihn ab, wenn man nicht darauf eingeht. Er presste mich noch einmal mit Gewalt gegen den Türrahmen. Gegen die Kante diesmal. Sicher nicht gut für die Wirbelsäule. Es wurde wirklich Zeit, ihn loszuwerden. Aber er merkte wohl selbst, dass sein Manöver etwas übertrieben war. Schließlich wollte er was von mir, da konnte er mir schlecht das Rückgrat brechen.

„Du findest ihn, oder ich mach dich und die Tussi fertig."

Als er endlich gegangen war, machte ich mir einen Kaffee und setzte mich an den Küchentisch. Kurz nach vier ist eine gute Zeit, um den Tag zu beginnen.

Jonas

Ich habe immer wieder diesen Traum: Ich stolpere durch einen dunklen Gang. Meine Hände gleiten links und rechts über den kühlen Stein. Immer schneller eile ich voran, getrieben von der Angst, aus diesem Dunkel nie wieder herauszufinden. Panik steigt in mir auf. Ich denke, jemand ist hinter mir, und ich werde es nicht schaffen. Wie soll ich diesem dunklen Nichts entkommen? Es gibt kein Zurück, nur immer weiter, weiter, weiter. Ins Ungewisse.

Dann wird es plötzlich wärmer und ein schwacher Lichtschein verrät mir, dass da ein Ausgang ist. Der kalte Stein ist verschwunden und ich stehe auf einer unendlich weiten Wiese unter dem offenen Himmel. Die Angst weicht einem warmen, hellen Gefühl, das mir neuen Mut gibt. Ich bin an einem Ort, an dem mir nichts geschehen kann. Ich bin in Sicherheit.

Ratte

„Erinnerst du dich an Arschgesicht Nr. 5?"

„Nenn ihn nicht immer so. Jeder hat einen Namen." Meine Mutter rührte mit einem viel zu kleinen Löffel in der Obstsalatschüssel herum.

„Er war gestern bei mir. Seine Manieren lassen zu wünschen übrig."

Meine Mutter hielt in ihrer Arbeit inne und sah mich besorgt an.

„Warum kann der uns nicht einfach in Ruhe lassen?", fragte sie. Dann steckte sie den Teelöffel so tief in die Schüssel, dass ihre Hand gleich mit in dem Obsthaufen versank.

„Soll ich Rosinen reinmachen?"

Ich seufzte. Pippin, der kleine graue Mischling mit der spitzen Schnauze und dem neugierigen Auge – er hatte nur noch eins –, sah zu mir auf und legte seinen Kopf dann wieder auf sein Kissen, als wollte er sagen: „Du kennst sie doch."

„Ich mag keine Rosinen."

„Nicht? Früher hast du die doch immer so gerne gegessen. Ich hab dir immer diese Rosinenwecken als Pausenbrot gebacken. Weißt du noch?"

An dieser Aussage stimmte, dass sie diese brikettähnlichen Brötchen ständig gebacken hatte.

„Ja, diese Wecken waren legendär", sagte ich.

„Na siehst du."

Ich gab nach. Sie kramte jetzt im Küchenschrank herum, nur um festzustellen, dass keine Rosinen mehr da waren. Stattdessen schüttete sie eine ganze Tüte Mandelstifte über das Obst.

Pippin fiepte. Ich kniete mich zu ihm hinunter und kraulte sein geschundenes Köpfchen. Ich habe den kleinen Mischling vor einigen Jahren von meiner Arbeit im Tierheim mitgebracht. Er war nach einem Unfall dort gelandet. Mit seinem einen Auge und den anderthalb Ohren sah er aus wie ein kleiner Pirat, und ich habe mich sofort in ihn verliebt.

„Weißt du, was Nr. 5 derzeit so treibt?", fragte ich meine Mutter. „Hat er noch diesen Möbelladen?" Möbelladen ist eine andere Bezeichnung für Geldwaschsalon. Meine Mutter weiß das auch, aber sie tut gerne so, als wären alle Menschen am Ende doch irgendwie gut, und regt sich auf, wenn man die Dinge beim Namen nennt.

„Der ist doch nun auch schon Ende sechzig. Vielleicht hat der längst ausgesorgt", meinte sie.

„Vielleicht." Das glaubte ich allerdings nicht. Wer nie genug kriegt, hat auch nie ausgesorgt. Außerdem war Arschgesicht nicht gerade bekannt dafür, dass er besonders gut haushalten konnte.

„Soweit ich weiß, wohnt der irgendwo im Neubau", sagte sie. „In der Nähe vom Friedhof."

„Wie passend."

Auf dem Herd zischte und schäumte es. Das Nudelwasser kochte über und breitete sich über die gesamte Herdplatte aus. Ich nahm den Deckel vom Topf, drehte die Temperatur herunter und suchte nach einem Lappen.

„Was wollte er eigentlich von dir?"

„Hat nach Torge gefragt."

Meine Mutter sah mich an, einen dunklen Schatten der Sorge auf dem Gesicht. „Kann er den Jungen nicht einfach in Ruhe lassen?"

Der Junge ist fast vierzig, aber sie ist eben eine Mutter. Sie fühlt sich verantwortlich für verletzte Welpen und verlorene Gestalten. Und in einem Punkt teilte ich ihre Meinung: Arschgesicht sollte uns einfach alle in Ruhe lassen.

„Torge ist ein paar Wochen bei Jonas", sagte ich.

„Gut", murmelte meine Mutter, während sie Teller und Besteck auf dem Tisch verteilte. „Da ist er hoffentlich sicher." Sie dachte das Gleiche wie ich, und ich hoffte, dass sie Recht hatte. Selbst wenn Arschgesicht herausfinden würde, dass Torge bei Jonas war, würde er ihm in dessen Gegenwart nichts tun. Trotzdem war die Besessenheit, mit der er seinen Sohn verfolgte, beunruhigend. Das letzte Mal wäre es beinahe nicht gut ausgegangen. Das ist kaum ein Jahr her, aber es steckt uns allen noch in den Knochen. Nachdem sein Vater sich ein Wochenende bei ihm einquartiert hatte, schloss Torge sich tagelang in seiner Wohnung ein, öffnete die Tür nicht, ging nicht ans Telefon, hörte nicht einmal mehr Musik. Normalerweise dröhnen System of a Down oder Sisters of Mercy durchs ganze Haus. Torge wohnte im gleichen Haus wie Elvie, die beste Freundin meiner Mutter. Von ihr bekam ich den Haustürschlüssel und stellte Torge jeden Abend etwas zu essen vor die Tür. Solange er die Tasche über Nacht reinholte, lebte er zumindest noch. Als die belegten Brötchen vom Dienstag am Donnerstagabend immer noch vor der Tür lagen, fand ich, dass es jetzt genug war. Ich besorgte mir Werkzeuge und brach die verdammte Wohnungstür mit Gewalt auf. Klar, ich hätte auch die Polizei rufen können. Aber ich wollte nicht, dass jemand Fremdes ihn in diesem Zustand findet und falsche Schlüsse zieht.

Es war eisig in der Wohnung. Die Balkontür stand offen. Torge lag auf dem Fußboden neben dem Sofa und starrte an die Decke. Als er mich bemerkte, drehte er mir den Kopf zu und blickte mich ausdruckslos an. Ein Gespenst, eine seelenlose Hülle ohne Lebenswillen. Seine Haut war weiß, seine Hände kalt. Ich suchte nach einer Wärmflasche und Decken und rief Elvie an. Sie fuhr das Gespenst zu meiner Mutter, die es umsorgte, bis es zu Kräften kam und wieder ein Mensch wurde. Keiner von uns wollte das noch mal erleben und wir waren uns einig, dass Arschgesicht Torge nie wieder in seine dreckigen Klauen kriegen durfte.

Meine Mutter schob jetzt den fertigen Obstsalat in den Kühlschrank.

„Jonas und er gehen nächstes Wochenende auf Lost-Place-Tour", sagte ich und wischte mit einem Geschirrtuch auf dem Herd herum, um dem Nudelwasser Einhalt zu gebieten.

„Wenn er hier bei dir auftauchen sollte, machst du die Tür nicht auf!"

„Torge?", fragte meine Mutter.

„Quatsch! Arschgesicht. Lass ihn nicht rein, auch wenn er eine Mitleidsnummer abzieht. Versprichst du mir das?"

Sie nickte, aber wir wussten beide, dass sie niemanden wegschicken konnte, der um Hilfe bat.

Ich verteilte die verkochten Nudeln auf unseren Tellern und stellte den Topf mit der angebrannten Soße auf den Tisch.

„Kannst du Pippin nachher mit auf eine Runde nehmen?", fragte meine Mutter nach dem Essen.

„Klar. Er kann über Nacht bei mir bleiben. Ich bringe ihn morgen Vormittag zurück."

Pippin ist ein perfektes Alibi. Wenn man gegen 23 Uhr allein in einer Neubausiedlung herumschleicht, in der man ganz offensichtlich nicht wohnt, ist das verdächtig. Ist man mit einem gedankenverloren herumschnüffelnden einäugigen Hund unterwegs, denkt sich niemand etwas. So konnte ich den einen oder anderen Blick in die Wohnzimmer der Leute erhaschen, die hier lebten. Arschgesicht wohnt anscheinend gerade in einem cleanen, nichtssagenden Klotz mit drei Quadratmetern Rasen vor der Terrasse und blank polierten SUVs vor der Tür. Nicht dass es mich wundert. Er hat sich wahrscheinlich an eine reiche Tussi drangehängt, die verzweifelt genug jemanden fürs Bett braucht, um ihn durchzufüttern. Es war nicht besonders schwierig, das Haus zu finden, in dem er sich aufhält. Der Witz ist, dass alle sich einscheißen wegen digitaler Daten, aber dann im Erdgeschoss ohne Gardinen sitzen, sodass man bei den Nachbarn durch die Terrassentür fernsehen kann. Ich schrieb mir den Namen am Klingelschild, die Hausnummer und das Kennzeichen des Wagens im zugehörigen Carport auf für den Fall, dass er tatsächlich auf die Idee kommen sollte, meiner Mutter Angst zu machen. Es schadet nicht, wenn man dann mit den gleichen Waffen zurückschießen kann.

Jonas

Mit dreizehn habe ich das erste Mal einen Lost Place erkundet. Ich erinnere mich noch so genau daran, als wäre es erst letzten Sommer gewesen. Dabei sind inzwischen mehr als zwei Jahrzehnte vergangen.

Die Ferien hatten begonnen, und zu Hause langweilte ich mich zu Tode. Ich nervte meinen Bruder Aaron so lange, bis er mich zu diesem verlassenen Fabrikgelände mitnahm, auf dem er sich an den Wochenenden mit seinen Freunden Stavros und Nico traf. Bis zu diesem Tag hatte ich keine Vorstellung davon, dass es einen solchen magischen Ort ganz in der Nähe gab, nur etwas mehr als eine halbe Stunde mit dem Rad von unserer Wohnung entfernt.

Aaron hatte Stavros und Nico versprochen, dass ich sie nicht nerven würde. Außerdem musste ich schwören, dass ich sie nicht verpfeife. Und ich sollte bloß nicht auf die Idee kommen, dass ich etwas von ihrem Zeug abbekomme. An beidem hatte ich nicht das geringste Interesse. Am Kiffen sowieso nicht. Aber auch auf die Idee, meinen Bruder zu verraten, wäre ich nie gekommen. Anders als er wusste ich, wie man die Fallen des Alltags vermeidet. Neunzig Prozent des Ärgers zu Hause gingen auf seine Kappe. Die übrigen zehn teilte ich mir mit unserer Katze, die gelegentlich auf die Idee kam, den Mülleimer auszuräumen oder an der Gardine hochzuklettern. Ich vergaß vielleicht alle paar Wochen mal meine Dienste, war nachlässig beim Geschirrspülen oder leerte den Briefkasten nicht vor dem Abend und kassierte die Strafe dafür. Aber Aaron löste fast jeden Tag einen Tornado aus.

Wir fuhren eine halbe Stunde am Flussufer entlang und bogen dann in einen schmalen, sandigen Pfad, auf dem uns von beiden Seiten die Zweige der Sträucher ins Gesicht schlugen. Schließlich gelangten wir auf einen Schotterweg. Die Hitze stieg schon auf, obwohl es kaum elf Uhr war. Und gerade als in mir der Verdacht aufstieg, mein Bruder hätte mich verarscht und wollte mich, statt mir eine alte Fabrik zu zeigen, Hänsel-und-Gretel-mäßig in der Wildnis aussetzen, ragte hinter einer Kurve das ehemalige Fabriktor vor uns auf. Es stand parallel zum Weg, ein riesiges Eisentor mit geschlossenen Flügeln und massiven Pfeilern links und rechts. Aaron bremste so scharf, dass sein Rad eine sichelförmige Bremsspur durch den Schotter zog und mir den Weg abschnitt. Da meine Bremsen nicht richtig funktionierten, lenkte ich mein Rad auf den Grasstreifen und wurde durch die Überreste einer Steinmauer ausgebremst, die man vom Weg aus unter dem hohen Gras nicht sehen konnte. Ich stieg ab und ging um das Tor herum. Dahinter wuchsen Brombeeren und andere Sträucher. Ich war enttäuscht.

„Ist das alles, was von der Fabrik übrig ist?"

Mein Bruder verdrehte die Augen.

„Versteck dein Rad da vorne unter dem Gestrüpp. Das letzte Stück müssen wir zu Fuß gehen."

Wir verbargen unsere Räder unter den ausladenden Brombeersträuchern. Ich blieb mit dem T-Shirt in ihren mit Widerhaken besetzten Fangarmen hängen und zerkratzte mir die Arme. Mein Bruder zeigte mir eine Stelle, an der sich in der dichten Brombeerhecke ein angedeuteter Durchgang befand. Wir schoben uns hindurch und bahnten uns einen Weg bis zu einer Stelle, an der uns die Gräser nur noch bis zu den Knien reichten. Sie wuchsen zwischen dem Kopfsteinpflaster hervor, das einmal den Weg zum Hauptgelände dargestellt haben musste. Von hier konnte man die Ruine bereits sehen. Es war ein seltsames Gefühl, zu wissen, dass wir gerade auf demselben Weg gingen wie damals die Arbeiter.

„Was war das für eine Fabrik?", fragte ich meinen Bruder.

„Keine Ahnung", meinte er. „Nerv uns gleich nicht mit deiner Klugscheißerei."

Ich hielt meinen Mund, um die Stimmung nicht zu ruinieren.

Stavros und Nico hatten in der Ruine übernachtet. Ich war froh, dass mein Bruder sich dagegen entschieden hatte, nicht nur weil das bedeutete, dass ich ihn begleiten konnte. Bei der Vorstellung, dass er eine ganze Nacht weg sein könnte, zog sich mir das Herz zusammen. Es beunruhigte mich schon, wenn er spät nach Hause kam. Ich lag immer wach, bis ich seinen Schlüssel im Schloss hörte. Außerdem wäre es aufgeflogen, wie immer. Er war einfach schlecht darin, sich nicht erwischen zu lassen.

Wir betraten die Ruine über eines der Rundbogenfenster, aus dem der Rahmen herausgeschlagen war und unter dem bereits Sand und Schutt aufgehäuft worden waren, damit man leichter einsteigen konnte. Aaron kletterte vor mir hinein. Ich blieb einen Moment auf dem alten Gemäuer sitzen. Es war angenehm kühl. Von hier aus blickte man in eine riesige Halle, die durch Säulen in mehrere Abschnitte unterteilt war. Auf der linken Seite erkannte ich verrostete Maschinen oder vielmehr das, was von ihnen noch übrig war. Es roch nach Staub und irgendwie metallisch.

„Kommste runter jetzt oder was?", drängelte mein Bruder, und ich sprang von der steinernen Fensterbank zu ihm hinab. Ich wusste sofort, dass dies meine Fabrik war, dass ich nun ein Entdecker war, der eine verlorene Welt betrat. Natürlich war ich nicht der Erste. Ohne Aaron und seine Freunde hätte ich schließlich nicht einmal gewusst, dass es diesen magischen Ort gab. Und natürlich waren vor uns andere dagewesen. Das zeigten die zerschlagenen Bänke, die Tags und Graffiti an den Wänden.

Neben einem am Boden liegenden Metallträger in einer Ecke des großen Raumes, der vermutlich einmal die Produktionshalle gewesen war, hatten Stavros und Nico es sich bereits auf zwei extrem schäbig aussehenden Matratzen gemütlich gemacht. Ich fragte mich, wie die wohl hierhergekommen waren. Betten hatten ja wohl kaum zur Ausstattung der Werkhalle gehört. Aber noch viel mehr war es mir ein Rätsel, wie man sich auf so schmutzige Matratzen setzen oder gar darauf schlafen konnte. Stavros begrüßte meinen Bruder mit einem kurzen „Yo" und Nico warf ihm einen Blick zu, der eindeutig sagte: „Muss das sein?" Für ihn war ich ein Kind, das bloß störte.

„Der verhält sich ruhig", sagte Aaron, während er seinen Rucksack auf dem Metallträger abstellte und Flaschen herausholte. Es war unklar, ob er damit meinte, dass ich sie nicht stören und mit kindischen Fragen belästigen oder dass ich sie nicht verpetzen würde. Vermutlich beides.

„Ich hab aber nicht Zeug für vier dabei", sagte Nico immer noch skeptisch.

„Der raucht nicht. Er ist vernünftig", sagte mein Bruder. Und ich wusste nicht, ob er es anerkennend oder abfällig meinte. Ich war mir bei ihm nie ganz sicher. Aber immerhin hatte er mich mitgenommen und ich wollte mein Glück nicht überstrapazieren, also hielt ich den Mund. Nico und Stavros schienen erleichtert. Aaron gab mir einen Knuff gegen die Schulter. Ich setzte meine Kopfhörer auf und begann meine Erkundungstour.

In meiner Playlist lief *Dollars and Cents* von Radiohead. Das weiß ich so genau, weil ich es noch heute vor meinem inneren Ohr höre, wenn ich an die Fabrik denke. Aaron hatte mir das neueste Radiohead-Album erst kurz zuvor besorgt. Er war ein Genie, wenn es darum ging, Dinge zu beschaffen, für die man normalerweise eine Menge Geld brauchte. Die Musik hatte mich sofort gecatcht. Wenn ich das Album heute höre, erweckt es diesen Sommer wieder in mir, den Sommer, der alles veränderte, der meine Begeisterung für Lost Places weckte, und auch den letzten Sommer mit meinem Bruder.

Der Steinboden war voller Schutt, halbvermoderter Kartons und Scherben. Ich sah mich zwischen den Säulen um und strich mit den Händen über die toten Maschinen. Von irgendwem war das vor langer Zeit mal der Arbeitsplatz gewesen. Ich versuchte mir vorzustellen, wie es hier früher ausgesehen, wie es geklungen hatte, als all die Maschinen in Betrieb waren.

Wenn man an einer der kurzen Seiten aus der Halle heraustrat, befand man sich vor einem Treppenaufgang. Auch hier waren die Wände mit Graffiti bedeckt. Das Treppengeländer war aus verschnörkeltem Metall. Ich ließ andächtig meine Hand darübergleiten, als ich nach oben stieg. Bei jedem Schritt stellte ich mir vor, wie früher einmal andere ihre schweren Arbeitsschuhe auf diese Treppenstufen gesetzt hatten. Ich ließ mich widerstandslos von dieser neuen Welt aufsaugen, und zugleich drang sie in mich ein und besetzte Räume in mir, von denen ich nicht einmal gewusst hatte, dass es sie gab, so als wären auf einmal neue Dimensionen des Lebens für mich freigeschaltet worden.

Im ersten Stock befanden sich jede Menge Räume. Alle Türen fehlten. Hinter einem Durchgang entdeckte ich die Toiletten. Mich schauderte beim Anblick der zerschlagenen Keramik, der herausgebrochenen Rohre und Wasserhähne. Es hatte etwas Unheimliches.

Ich stapfte durch die Räume, in denen Schutt und alte Zeitungen den Boden übersäten und in denen nur noch vereinzelte, völlig zerbeulte und rostige Aktenschränke davon zeugten, dass hier einmal Büros gewesen waren. Und dann entdeckte ich in der zweiten Etage das Loch. Wenn man den langen Gang betrat, von dem die einzelnen Räume abgingen, bemerkte man gleich, dass es dort viel heller war als unten, denn am Ende des Ganges war die Mauer herausgeschlagen und das Sonnenlicht durchflutete den hinteren Teil des Flurs. Ich ging bis an die Kante und blickte in einen mindestens zehn Meter tiefen Abgrund. Unten lagen zwischen zerbrochenen Ziegeln und Sand allerhand Metallgestelle und undefinierbare Objekte, die vielleicht einmal Maschinenteile gewesen waren. Ein Schritt und ich würde als der aufgespießte Junge auf dem verlassenen Fabrikgelände enden. So würde es in den Zeitungen stehen, und man würde mutmaßen, dass ich betrunken und bekifft wie die anderen Idioten, mit denen ich hier abgehangen hatte, leichtsinnig herumgestolpert und in den Tod gestürzt war. Erst die Obduktion würde ergeben, dass ich gar keine Drogen genommen hatte, aber das würde vermutlich niemanden mehr interessieren. Ich fragte mich, ob Aaron mich vermissen würde.

Eine Ewigkeit stand ich am Abgrund und sog den eigentümlichen Geruch von Staub und rostigem Eisen in mich auf. Die Menschen, die damals hier arbeiteten, waren jeden Morgen durch das Fabriktor hereingeströmt, vielleicht auch nachts, wenn in Schichten gearbeitet wurde. Sie gehörten zu einer vergangenen Welt, von der nur noch Bruchstücke übrig waren. Hätte ich in diesem Moment die Zeit um fünfzig Jahre zurückdrehen können, hätte ich am Ende des Ganges vor einer Mauer gestanden. Hinter mir in den Büros hätten Menschen an ihren Schreibtischen gesessen und Papiere mit Zahlen gefüllt. Später fand ich in der obersten Etage in einem Haufen Schrott eine alte Schreibmaschine. Sie war irgendwie unheimlich mit ihren langen Stäben, an deren Ende winzige Buchstaben saßen. Unheimlich und faszinierend wie die Skelette der Maschinen in der Werkhalle. Ich beneidete diese Menschen auf einmal so sehr, dass sich mein Herz zusammenzog, bis mir einfiel, dass sie vermutlich fast alle inzwischen tot waren. Ich strich mit der Hand über das Mauerwerk. Dort war eine Inschrift in einen der Ziegel eingeritzt: *Schwerter zu Pflugscharen* stand dort.

„Hey, was machst du denn da?" Aaron stand plötzlich hinter mir. „Ich hab dich überall gesucht."

„Nur geguckt", erwiderte ich und beschloss, am nächsten Tag wiederzukommen. Allein.

Ratte

Als meine Mutter mit Arschgesicht zusammen war, haben er und Torge einige Jahre bei uns gewohnt. Torge und ich gingen in dieselbe Klasse. Obwohl er ständig den Unterricht störte und die Klassenlehrerin es ihm immer wieder androhte, flog er nie von der Schule. Ich muss zugeben, dass ich es immer ganz unterhaltsam fand, wenn Torge seine rebellischen fünf oder auch mal fünfzig Minuten hatte. Er kroch unter den Tisch, krabbelte zwischen den Beinen der anderen herum oder spazierte einfach durch das Klassenzimmer und lachte, wenn die Lehrerin versuchte, ihn zur Vernunft zu bringen. Wenn es erstmal begonnen hatte, konnte man sich zurücklehnen, ungestraft mitten im Unterricht in sein selbstgebackenes Rosinenbrikett beißen und das Schauspiel verfolgen. Ich sehe den hochroten Kopf der Lehrerin noch heute vor mir. Es gefiel mir, sie so aufgeschmissen zu sehen, denn ich konnte sie auf den Tod nicht ausstehen. Sie erinnerte mich an eine wütende Wespe mit ihrer penetranten Art, nach irgendwelchen Erledigungen zu fragen. Hausaufgaben gemacht? Text schon von der Tafel abgeschrieben? Materialgeld mitgebracht? Poch, poch, poch, bohr, bohr, bohr. Immer wenn sie sich auf meine Tischkante setzte, stellte ich mir vor, wie sie mit ihren messerscharfen Griffeln Späne aus meinem Tisch herausschnitt, um sich damit ein Nest zu bauen, in dem sie dann weitere kleine wespenhafte Lehrerinnen heranzüchten konnte. Mit Torge war sie total überfordert. Auch wenn ich ihn damals nicht besonders mochte und sein Verhalten für einen Fünftklässler richtig affig fand, war es doch zumindest unterhaltsam, wie er den Unterricht lahmlegte.

„Torge, jetzt setzt dich hin! Torge, ich ruf deine Eltern an! Torge, jetzt lass das. Du störst die anderen beim Arbeiten." Es änderte überhaupt nichts. Ihr ganzes Geflatter und Gesurre war völlig wirkungslos. Vermutlich flog er nur deswegen nicht von der Schule, weil die Wespe viel zu larifari war für echte Konsequenzen. Oder weil er sich trotz seiner Aufmüpfigkeit als guter Schüler erwies.

Da wir uns fast zwei Jahre lang ein Zimmer geteilt hatten und er immerhin so etwas wie mein Bruder war, kannte ich ihn besser als die anderen. Ich wusste, dass sein Vater ein Arschgesicht war und dass er nicht nur Kaspereien auf Lager hatte. Ich wusste, dass er nachts heulte und mit zwölf noch das Bett nass machte. Ich hatte zugesehen, wie sein Vater ihn dafür bestrafte, indem er ihn zwang, sich im Schlafanzug unter die kalte Dusche zu stellen und das Bettzeug mit der Hand auszuwaschen, und wie er ihn piesackte, wenn er herumtrödelte, seine Schuhe falsch band oder einfach nur blöde herumstand. Torge stand wirklich sehr oft blöde herum. Und er ging mir auf die Nerven mit seiner quäkenden Stimme und seinem bekloppten Verhalten. Trotzdem tat er mir leid, und als Arschgesicht endlich auszog und meine Mutter der Meinung war, es wäre besser für Torge, wenn er bei uns bliebe, war ich auf ihrer Seite. Ich tat zwar so, als wäre es mir egal und als wäre mir nichts wichtiger, als mein Zimmer endlich wieder für mich allein zu haben, aber in Wirklichkeit wollte ich auch nicht, dass Torge bei Arschgesicht versauern musste. Sein Vater erlaubte jedoch nicht, dass er bei uns blieb, was mich erstaunte, da es immer den Eindruck gemacht hatte, dass er froh wäre, ihn loszuwerden. Schließlich tat er den ganzen Tag nichts anderes, als Torge zu schikanieren, so wie er es auch mit meiner Mutter machte. Wahrscheinlich brauchte er einfach immer einen, an dem er seine ganze Arschgesichtigkeit auslassen konnte. So verschwand Torge aus meinem Zimmer und kurz darauf auch aus meiner Klasse, als er die Schule wechselte. Danach sah ich ihn nur noch selten.

Erst mit 18 oder 19 kreuzten sich unsere Wege erneut. Damals begegnete ich ihm am See. Er lag im Hochsommer mit einem schwarzen Mantel im Gras. Ich erkannte ihn vom Weg aus nicht gleich und dachte zuerst, da liegt eine Leiche im Park. Ich war neugierig und näherte mich der schwarzen Gestalt. Immerhin kann man Tote nicht einfach rumliegen lassen. Als ich vor ihm stand, erkannte ich sofort, dass es Torge war, obwohl wir bei unserer letzten Begegnung fast noch Kinder gewesen waren. Er trug schwarzen Lippenstift und seine geschlossenen Augen waren aufwendig geschminkt. Ein regelmäßiges Zucken seiner Kiefermuskeln verriet mir, dass er keineswegs tot war. Ich zog ihm die Kopfhörer ab und setzte sie mir selbst auf. Torge öffnete die Augen. Es dauerte einen Moment, bis er reagierte. Der Song, aus dem ich ihn gerade herausgerissen hatte, klang düster und atmosphärisch. Ein Typ mit einer durchdringenden, aber trotzdem irgendwie weichen Stimme sang irgendwas von einem dunklen Ort. Das Ganze war von einem starken Elektrobeat begleitet. Dark Wave offensichtlich. Es klang nicht schlecht.

Torge riss mir den Kopfhörer von den Ohren. „Was soll die Scheiße?", fragte er.

„Ich dachte, du wärst tot."

„So brutal ist mein Vater auch wieder nicht."

„Ich meine, weil du hier wie eine Leiche im Park liegst."

Er erwiderte nichts. Sein Gesicht verriet immer noch etwas von dem überforderten chaotischen Jungen, den ich in Erinnerung hatte. Aber da war auch etwas Neues.

„Warum trägst du einen Mantel? Es sind fast 30 Grad."

Auch hierauf erhielt ich keine Antwort. Offenbar wollte er einfach ungestört im Gras liegen, düstere Musik hören und in seiner schwarzen Hülle vor sich hinkochen.

„Leg dich halt nicht wie tot an den See, wenn du nicht willst, dass jemand dich anquatscht."

Er verzog das Gesicht und seufzte. Es war offensichtlich, dass er hoffte, ich würde einfach wieder verschwinden.

Ich wusste nicht genau, was ich von diesem zufälligen Wiedersehen halten sollte. Einerseits wollte ich das Kapitel unserer gemeinsamen Geschichte nicht unnötig wiederbeleben. Auf die Erinnerungen, besonders die an Arschgesicht, konnte ich gut verzichten. Sie klebten an Torge, obwohl der ganz offensichtlich nicht mehr der schmächtige Junge von damals war. Andererseits war diese Tür nun schon einmal geöffnet und ich würde sowieso den ganzen Tag darüber nachgrübeln, was wohl in der Zwischenzeit geschehen war. Wie war aus dem immer etwas gequält dreinschauenden Jungen, der ständig durchknallte, ein so ausdrucksstarker Typ mit einem zumindest nicht gänzlich beschissenen Musikgeschmack geworden? Ich schob das miese Erinnerungsgefühl beiseite und ließ die Neugier siegen.

„Was treibst du so?", fragte ich und setzte mich zu ihm ins Gras.

„Sieht man das nicht?"

„Sonnenbaden mit Lichtschutzfaktor 200."

Er grinste, was seinem filigran geschminkten Gesicht die gesamte Düsternis entzog.

„Und du?"

Das war nur fair. „Nix", antwortete ich, was irgendwie auch stimmte. Ich war arbeitslos und lebte immer noch bei meiner Mutter.

Er zog eine Schachtel Zigaretten aus seinem Mantel und bot mir eine an.

„Brauche meine Lungen noch", sagte ich.

„Wozu?", fragte er, als wäre das tatsächlich eine dumme Überlegung, und steckte sich eine an.

Jonas

In der Fabrik war die Produktion lange vor meiner Geburt eingestellt worden. Das las ich in einem der Bücher über die Geschichte unserer Stadt, die ich in der Bibliothek gefunden hatte. Darin war auch ein Bild vom Inneren der Fabrik aus den 1940er-Jahren. Abends vertiefte ich mich oft stundenlang in dieses Buch, bevor ich einschlafen konnte.

Tagsüber verbrachte ich meine Ferien in der alten Fabrik. Vormittags war fast nie jemand dort. An den ersten Tagen stromerte ich stundenlang durch alle Räume und betrachtete jedes Detail. Oder ich streifte über das Gelände und suchte nach Gegenständen, die gut genug erhalten waren, um eine Geschichte zu erzählen. Nach meinen Streifzügen zog es mich immer wieder zum Loch in der zweiten Etage, das ich bei meiner ersten Erkundungstour entdeckt hatte. An einem der letzten Ferientage saß ich dort in der Kühle des Gemäuers, die Kopfhörer auf den Ohren, betrachtete die verwilderte Landschaft und zeichnete. Erst am Nachmittag tauchte die Sonne auf dieser Seite des Gebäudes auf, und das Weiß meines Zeichenbuchs begann mich zu blenden. Dann legte ich es beiseite, holte meinen mitgebrachten Proviant hervor und überließ mich dem Tagträumen.

Von Weezer gibt es einen Song mit dem Titel *My Name is Jonas*. Es ist gewissermaßen mein Song. Ich wusste damals nicht, worum es darin ging. Ich verstand nur zwei Zeilen: die über meinen Namen, die auch der Grund dafür war, dass Aaron mir das Album besorgt hatte, und eine Stelle ziemlich am Ende, an der es heißt: *The workers are going home*. Die Arbeiter gehen nach Hause. Ich skippte auf meinem MP3-Player zu dem Song und versank in meiner eigenen Welt. Nach kurzer Zeit fiel ich in einen dämmrigen Halbschlaf und hatte einen Traum, bei dem ich in der Zeit zurückrutsche und plötzlich selbst Teil dieser Vergangenheit war, die ich mir so oft vorgestellt hatte.

Im Zweiten Weltkrieg war hier Munition hergestellt worden, und danach einfach wieder Schrauben, Muttern und Zahnräder, als sei nichts gewesen. Das hatte ich in einem der Bücher gelesen. Mich schauderte, wenn ich daran dachte, dass meine Großeltern in dieser Welt gelebt hatten.

Während ich vor mich hin döste, sah ich sie leibhaftig vor mir: die Arbeiter in der Werkhalle. Ich hörte das Dröhnen der Maschinen, die Rufe der Aufseher und das Klacken der Schreibmaschinen aus den Büros. Ich sah die Arbeiter, wie sie am Morgen noch vor Sonnenaufgang vom Fabriktor kommend über den gepflasterten

Weg in die Fabrik strömten und am Abend den gleichen Weg zurückeilten. Es musste früher ein Bus hier rausgefahren sein. Unmöglich, dass all die Menschen zu Fuß aus der Stadt hierherkamen. Oder vielleicht hatte es eine Arbeitersiedlung in der Nähe gegeben. Ich beschloss, nachzuschauen, ob etwas darüber in dem Buch stand, das ich im Rucksack bei mir hatte, schaffte es aber nicht, den Dämmerzustand abzuschütteln und die Augen zu öffnen. Ich war tief in die Traumwelt hinabgesunken. Mir war, als sei ich selbst ein Arbeiter, der vergessen hatte, wie er nach getaner Arbeit nach Hause kommt. Ich versuchte, mir dieses Zuhause vorzustellen, aber es gelang mir nicht. Der Schlüssel, das wusste ich mit der Klarheit, die auch die absurdesten Träume haben können, lag in der Welt, aus der die Musik zu mir drang. Sie war die Verbindung zur Realität. Das Weezer-Album, das Aaron mir besorgt hatte. Aaron, mein Bruder, sagte ich leise zu mir selbst, wie um es nicht zu vergessen.

Dann wurde ich abrupt aus meinem Traumzustand gerissen.

Ratte

Als wir in der zehnten Klasse einen Berufseig-
nungstest machen mussten, kam bei mir raus,
dass ich alles werden könnte. Damals mussten
wir seitenweise Fragebogen ausfüllen. Per Hand.
Ich habe das Ganze nicht sonderlich ernst
genommen. Von manchen Fähigkeiten und Inte-
ressen hatte ich noch nie gehört, aber ich gab einfach überall die volle Punktzahl an. Im Grunde
war mir egal, was dabei herauskam. Ich interessierte mich nicht fürs Handwerk. Zahlen kamen
auch nicht infrage. Menschen schon gar nicht.
Die fürsorgliche Art meiner Mutter habe ich definitiv nicht geerbt. Diese Berufstests waren
damals wochenlang Thema in unserer Klasse.
Nachdem wir den ganzen Papierkram erledigt
hatten, wurden die ausgefüllten Zettel eingesam-
melt und von unserer Lehrerin (nicht mehr die
Wespe) an das Bildungszentrum geschickt, das
wir kurz zuvor besucht hatten. Erst eine Ewigkeit
später erhielten wir unsere Ergebnisse inklusive
eines kleinen ermutigenden Textes zurück. Da
musste wirklich irgendwo ein Mensch in dieser
Einrichtung gesessen und die ganzen Einsen-
dungen ausgewertet haben. Bei mir stand: „Als

Genie hast du es sicher nicht leicht, eine Entscheidung zu treffen, welcher deiner Begabungen du auf deinem beruflichen Weg folgen sollst."

Als wir unsere Ergebnisse der Klasse präsentieren sollten, beschloss ich, zu lügen. Dass ich so begabt war, wie das Ergebnis besagte, hätte mir sowieso niemand geglaubt. Ich könnte behaupten, bei mir sei herausgekommen, dass ich Detektivin werden sollte. Ich bezweifelte zwar, dass das überhaupt ein mögliches Ergebnis war. Aber es erschien mir ziemlich cool.

Jeder von uns musste in einem Kurzreferat sagen, welcher Beruf ihm empfohlen worden war, diesen Beruf kurz vorstellen und begründen, warum er diesen Weg einschlagen wollte oder warum er es eben nicht wollte. Ich schaute zu dieser Zeit suchtmäßig die Mystery-Serie *Akte X* und schrieb am Abend vor meinem Referat, während ich eine der Folgen schaute, eine Begründung dafür, warum ich eine gute Detektivin abgeben würde. Zum Beispiel war ich ausgesprochen geübt darin, andere wie zufällig zu belauschen und meine Nase überall reinzustecken. So hatte ich immer etwas in der Hand, falls jemand auf die Idee kam, mit mir Spielchen zu spielen.

Eine Zeit lang war eine Gang von Schülerinnen ziemlich erfolgreich damit gewesen, in den Pausen und nach Schulschluss Geld zu erpressen. Wer nicht lieferte, kassierte Schläge. Würde man petzen, sagten sie, könnte man sich auf was gefasst machen, das man nie mehr vergessen würde. Was genau das sein sollte, sagten sie nicht. Vermutlich nur ein Bluff. Trotzdem war ich froh, als ich endlich von ihrem Radar verschwunden war. Es war nützlich, dass nicht alle es mit der Schweigepflicht so ernst nehmen, wie sie es sollten. Ich erfuhr aus einem Gespräch zwischen meiner Mutter und ihrer Freundin, die als Helferin in einer Frauenarztpraxis arbeitete, dass ein Mädchen aus meiner Schule namens Alexa Hoppe wegen einer ziemlich peinlichen Krankheit in der Praxis gewesen war, die man eigentlich nur durch Geschlechtsverkehr bekommen konnte. Bingo. Als diese arrogante Tussi mich das nächste Mal nach der Schule am Kragen packte und „Heute ist Donnerstag, letzter Tag, kapische?" sagte, verzog ich keine Miene und sagte möglichst tonlos: „Chlamydien. Kapische?" Und jetzt braucht mir keiner wegen unmoralisch und so weiter zu kommen. Diese dumme Kuh hatte damals schon mindestens 150 Mark von mir abgezogen. Schließlich hatte ich das Geld nicht bei mir zu Hause herumliegen. Unterm Strich habe ich durch das Ausspielen meines unlauter erworbenen Wissens verhindert, dass ich weiter klauen musste. Jedenfalls entdeckte ich damals, was der Spruch „Wissen ist Macht" wirklich bedeutet.

Das alles konnte ich in meinem Referat natürlich nicht erzählen. Also riss ich die Seite aus meinem Block, zerknüllte sie und tischte eine andere Lüge auf. Ich behauptete, ich wolle Arzthelferin werden, um Menschen zu helfen. Wenn es mir gelang, das glaubwürdig rüberzubringen, könnte ich das als Feuerprobe für mein Pokerface werten, das ich als Detektivin brauchen würde.

Letztlich interessierte es niemanden, was ich in dem Scheißreferat von mir gab. Jeder wollte es einfach nur selbst schnell hinter sich bringen, und als ich dran war, hörte niemand mehr zu. Es spielte aber sowieso keine Rolle, weil ich im Jahr darauf die Schule schmiss, ohne eine Berufsausbildung zu beginnen.

Jonas

Ich schreckte auf, als mir jemand auf die Schulter tippte. Ich drehte mich herum und sah zwei Typen. Einer war ganz in Schwarz gekleidet, der andere trug eine Bundeswehrhose und ein weißes T-Shirt. Das Bild hat sich wie ein Foto in mein Gedächtnis gebrannt, und ich sehe die zwei heute noch vor mir. Sie waren älter als ich, auch älter als mein Bruder. Ich schätzte sie auf mindestens 18. Einer hob die Hände, wie um mir zu signalisieren, dass von ihnen keine Gefahr ausging. Das Herz schlug mir bis zum Hals. Mir wurde bewusst, wie nah ich am Abgrund saß. Sie hatten mich aus einer gefährlichen Träumerei gerissen. Ich nahm meinen Kopfhörer ab.

„Jemand zu Hause?", fragte der mit dem weißen Shirt. „Geht es dir gut?"

„Ja, ja klar", stotterte ich.

Er stellte sich mir als Milan vor. Seine Schirmmütze war keine Baseball-Cap, wie die Jungen aus meiner Klasse sie damals trugen. Eher etwas, das Großväter aufsetzten, um ihre Glatzen zu verbergen. Der schwarz Gekleidete, den Milan Aquila nannte, hatte seine fast weißen

Haare zu einem Iro gestylt. An seinem Handgelenk baumelte eine kleine Digitalkamera.

Milan hatte ein freundliches Gesicht und schien amüsiert über meine Verwirrung, die ich zu überspielen versuchte.

„Du bist ja ganz vertieft. Wir wollten dich nicht erschrecken."

Milan erzählte, dass sie hier waren, um die Fabrik zu erkunden und Fotos zu machen.

„Viel ist hier ja nicht mehr übrig", bemerkte er. „Letzte Woche waren wir in einem verlassenen Krankenhaus. Da war noch die ganze Einrichtung erhalten. Betten und Apparate und alles."

„Apparate?", fragte ich.

„Alte Messgeräte und sowas. Aber auch gruselige Instrumente, mit denen man früher operiert hat."

„Und das liegt da alles einfach rum?"

„Ja. Jede Menge Zeug."

Aquila hatte sich eine Zigarette angesteckt, während Milan erzählte, dass sie am nächsten Wochenende eine Geisterstation suchen wollten, die sich unter einem ehemaligen Bahnhof befand. Sie war schwer zu finden. Irgendwo in der Nähe der polnischen Grenze, nicht weit von Milans Heimat. Ein paar Leute aus einem Internetforum, in dem sie sich regelmäßig herumtrieben, hatten den Geisterbahnhof angeblich schon gefunden und Fotos hochgeladen, die aber alle so verschwommen waren, als wären sie mit einer Gurke aufgenommen worden. Sie waren ganz besessen von ihrem Ziel, denn sie glaubten, die anderen blufften und sie wären die Ersten, die den Geisterbahnhof wirklich finden würden.

Ich beneidete die beiden unvorstellbar darum, dass sie herumreisen und Abenteuer erleben konnten, dass sie nicht in wenigen Tagen wieder in die Schule mussten und dass niemand ihnen sagte, was sie durften und was nicht. Ich wollte auch Freunde haben, die sich für verlassene Orte interessierten und in geheimen Internetforen lasen, und auch zu den Ersten gehören, die diesen Geisterbahnhof finden würden. Diese Sehnsucht war plötzlich so übergroß, dass ich mich wie ein Dummkopf anstellte.

„Kann ich mitkommen?", fragte ich.

Milan lachte. Aquila sah mich ausdruckslos an. Mit dieser Frage hatten sie genauso wenig gerechnet wie ich selbst. Ich spürte, wie mir die

Hitze in den Kopf stieg. Gesicht und Ohren brannten und ich sah, dass sie es bemerkten. Ich schämte mich für meine kindische Frage und die Aufdringlichkeit. Ich hasste mich dafür, dass ich nicht älter oder wenigstens cooler war. Vielleicht hätte dann eine Chance bestanden. Die Vorstellung, mit zwei Abenteurern davonzufahren, allem zu entkommen, bei Schulbeginn einfach nicht da zu sein und alles hinter mir zu lassen, ließ mein Herz so schnell schlagen, dass ich befürchtete, ich würde ohnmächtig werden und in den Abgrund stürzen.

„Wir können nicht einfach einen kleinen Jungen mitnehmen, den wir in einer verlassenen Fabrik gefunden haben", sagte Milan.

Ein kleiner Junge. Meine ganze Aufregung war mit einem Schlag vernichtet. An ihre Stelle trat das altbekannte schwere Gefühl der Nichtsnutzigkeit und Bedeutungslosigkeit.

„Hey, jetzt heul nicht", sagte Aquila. „Wie alt bist du überhaupt?"

„Dreizehn", stammelte ich. Natürlich war es dumm und naiv, was ich gerade gesagt hatte. Ich schämte mich und wünschte mir, ich könnte die Zeit zurückdrehen. Hätten sie mich nicht so überrascht, wäre ich sicher gelassener geblieben. Jetzt hielten sie mich für einen dummen kleinen Jungen. Das konnte ich nicht mehr rückgängig machen.

Als die beiden wieder gegangen waren, blieb ich wie erstarrt zurück. Das schwere Gefühl, dass ich die letzten Wochen vor mir hergeschoben hatte, ergriff nun von mir Besitz und bereitete mich auf das vor, was unweigerlich kommen musste. Die Schule würde beginnen, und alles würde wie vorher sein. Alles, was ich hatte, waren noch ein paar Tage in meiner Fabrik. Die Gnadenfrist, bevor die Ferien zu Ende waren. Ich war so wütend auf mich selbst, weil ich diese verrückte Hoffnung überhaupt zugelassen hatte. Ich saß am Loch und starrte auf das zugewachsene Gelände. Eine Amsel begann ihren Abendgesang. Ich hätte mich längst auf den Weg nach Hause machen müssen. Schließlich wurde mir klar, dass es nur zwei Möglichkeiten gab: Ich musste mir diese dumme Sehnsucht aus der Seele reißen und wieder der Junge werden, der ich vor den Ferien gewesen war. Oder ich stand endlich auf und ging meinen eigenen Weg.

Es war, als wenn mein neues Ich mit meinem alten kämpfte. Und ich spürte, dass etwas in mir es unmöglich machte, zurückzugehen. Die Tür, die sich in diesem Sommer in mir geöffnet hatte, ließ sich nicht mehr einfach schließen. Ich wollte nicht mehr der dumme Junge sein, wollte nicht mehr das zeichnen, was ich vor mir sah, sondern das, wonach ich mich sehnte, von dem ich wusste, dass es irgendwo auf mich wartete.

Ich warf Zeichenbuch und Stifte in meinen Rucksack und machte mich auf den Weg nach Hause. Der Abendwind war wohltuend kühl. Und zum ersten Mal kam es mir so vor, als wäre *Pyramid Song* von Radiohead gar nicht melancholisch, sondern erhaben. Die Welt gehörte jetzt mir. Ich hatte einen Plan.

Ratte

Meine Mutter hat sich nie darüber beklagt, dass ich ihr so lange auf der Tasche gelegen habe. In der ersten Zeit redete sie noch gelegentlich auf mich ein, ich sollte es mir mit der Schule doch noch mal überlegen. Nur noch ein Jahr durchziehen. Sie meinte, dass man ohne guten Abschluss keine Chancen auf dem Arbeitsmarkt hat, und ich sollte mich wenigstens um die Fachhochschulreife bemühen. Ich hatte auf der Gesamtschule quasi einen Realschulabschluss, allerdings mit so miesen Noten, dass ich mich mit dem Zeugnis kaum bewerben konnte. Damals war auch die Arbeitslosigkeit schlimmer als heute. Es gab Hunderte mit mehr Engagement. Mit jedem Tag, an dem ich nichts tat, verringerte ich meine Aussichten auf ein eigenständiges Leben und eine passable Zukunft. Allerdings war mir das damals völlig egal. Warum musste unbedingt etwas aus mir werden? Ich passte regelmäßig auf die Hunde unserer Nachbarin Rosi auf, die als Krankenschwester wechselnde Schichten hatte. Otto und Karl-Otto waren zwei Border-Collie-Mischlinge aus dem Tierschutz. Wenn ich sie tagsüber betreute, machte ich stundenlange Ausflüge mit ihnen in den Wald und am Fluss entlang. Während der Nachtschichten holte ich die beiden meist zu uns nach Hause, obwohl Rosi mir erlaubt hatte, bei ihr zu übernachten und auf ihrem monumentalen Heimkino Pay-TV zu schauen. Ich lag jedoch lieber zusammen mit meiner Mutter und den beiden Hunden auf unserem Sofa und schaute auf einem alten Röhrenfernseher irgendwelche feministischen Kunstfilme, die meine Mutter neuerdings aus der Videothek anschleppte und die ich nie verstand. Seit die Arschgesichter nicht mehr bei ihr ein- und ausgingen, hatte meine Mutter sich verändert. Auch unsere Beziehung hatte sich verändert. Sie hatte mehr Zeit für mich, und ich sah sie in einem anderen Licht. Ich verbrachte die Abende mit ihr, weil ich es nicht ertrug, wie sie allein auf dem Sofa saß, zusammengesunken und irgendwie entrückt. Wir aßen jeden Abend belegte Brote oder labbrige Pommes aus dem Ofen. Die Anwesenheit der Hunde tat auch ihr gut. Sie waren auch der Grund dafür, dass sie später ebenfalls Hunde adoptierte. Gladys war ihre erste Hündin. Sie wurde leider wegen eines Herzfehlers nur zwei Jahre alt. Dann kam Johnny und dann Pippin, unser kleiner Pirat.

Ich war überzeugt, mit meiner vergeigten Schullaufbahn nun nichts mehr werden zu können, und da ich scheinbar zu nicht viel taugte und sicher keine Detektivin werden würde, dachte ich, dass ich einfach Hundesitterin sein könnte. Die Hunde waren das Einzige im Leben, das mir etwas bedeutete. Aber meine Mutter meinte, dass ich mir das besser aus dem Kopf schlagen solle. Rosi gab mir zwar ein paar Mark dafür, dass ich ihre Hunde praktisch täglich betreute, aber das reichte gerade, um ab und zu mal was einzukaufen. Ich war auf einem guten Weg, ein Fall für die Sozialhilfe oder eine dieser traurigen Gestalten zu werden, die mit dreißig noch bei ihrer Mutter wohnen.

Letztlich war es Torge, der als plötzlicher Bruder mein Leben schon einmal auf den Kopf gestellt hatte, durch den sich alles veränderte. Und natürlich war es auch Jonas, durch den alles erst ins Rollen kam.

Jonas

Ich hatte den Entschluss gefasst, auf eigene Faust nach der Geisterstation zu suchen. Insgeheim hoffte ich, zur gleichen Zeit dort anzukommen wie Aquila und Milan. Ich wollte ihnen und auch mir selbst beweisen, dass ich es allein schaffen konnte. Ich wollte diesen peinlichen Moment wiedergutmachen und ihnen zeigen, dass ich kein naiver kleiner Junge war. Ich wusste, dass sich der Ort in der Nähe der polnischen Grenze befand. Meine Kenntnisse in Geografie waren katastrophal, und ich musste meinen Schulatlas zur Hilfe nehmen, um überhaupt eine Vorstellung davon zu bekommen, wo ich hinmusste. Mein Plan war es, einen Zug zu nehmen, der nach Polen fuhr, und eine Station vor der Grenze auszusteigen. Ich hatte eine knappe Woche Zeit, die Reise zu planen, ohne dass es jemandem auffiel.

Drei Tage verblieben mir noch von den Ferien. Ich verbrachte sie in der Fabrik. Aber es war nicht mehr wie vorher. Die Wehmut war verschwunden, und ich hing nicht mehr mit düsteren Gedanken am Loch herum, sondern ich streifte elektrisiert über das Gelände. Die Eindrücke von meinem ersten Besuch waren wieder lebendig: Ich sah die Arbeiter an den Maschinen, die Leute in den Büros. Ich hörte die Fabrikglocke zum Feierabend läuten.

Den Schulbeginn ließ ich über mich ergehen. Das aufgeregte Erzählen der Ferienerlebnisse, das Austeilen der neuen Stundenpläne, das Verhandeln von Klassendiensten und die Ermahnungen zum Schuljahresbeginn nahm ich kaum wahr. Ich zeichnete Krähen auf meinen Schreibblock und dachte an meinen großen Plan.

Am Freitag fuhr ich nach der Schule zum Bahnhof, um mir für den nächsten Tag eine Fahrkarte zu kaufen. Das Geld dafür beschaffte ich auf nicht ganz anständige Weise. Ich hätte natürlich meinen Bruder bitten können, aber ich wollte ihn nicht einweihen. Er hätte mich zwar sicher nicht ohne Not verpetzt, aber ich wollte kein Risiko eingehen. Und an seine Vorräte zu gehen, kam für mich nicht infrage. Also stahl ich das Geld von meinem Vater. Sein Portemonnaie steckte in der Innentasche seiner Jacke. Sie roch nach altem Leder und teurem Aftershave. Noch heute habe ich Schuldgefühle, wenn ich daran denke. Es ist wahrscheinlich, dass sie Aaron zuerst verdächtigten, und ich bin sicher, dass er dafür bezahlt hat. Aber in diesem Moment wog meine Entschlossenheit, abzuhauen, so viel schwerer als mein Gewissen.

Die ganze Zeit befürchtete ich, etwas falsch zu machen, etwas Wichtiges zu übersehen. Dazu kam die Angst, aufzufliegen. Was, wenn jemand es hinterfragte, dass ein Dreizehnjähriger für sich allein eine Fahrkarte kaufte? Um älter zu wirken, hatte ich mir die Haare zurückgegelt und etwas von dem Aftershave meines Vaters aufgetragen. Ich dachte an Aquila mit seinem Iro und den schwarzen Klamotten. Was hätte ich gegeben, auch so einen Style zu haben. Wenn ich den

Geisterbahnhof finden und die beiden wiedersehen würde, sagte ich mir, dann würde ich mir von Aaron die Seiten rasieren lassen und die Haare genau wie Aquila tragen. Als Zeichen dafür, dass ich kein kleiner Junge mehr war. Aber vorerst mussten eine Handvoll Gel und ein teures Aftershave ausreichen.

Wie in einem Fiebertraum ging ich durch die Stadt, betrat den Bahnhof und reihte mich bei den Wartenden ein. Ich bildete mir zuerst ein, dass alle mich anstarrten, aber je länger ich wartete, desto ruhiger wurde ich. Alle waren mit sich selbst beschäftigt. Niemand interessierte sich für mich.

Als ich endlich eine Fahrkarte nach Cottbus in der Hand hielt, fühlte ich mich wie ein richtiger Abenteurer. In meinem Atlas hatte es so ausgesehen, als wäre Cottbus die am nächsten an der Grenze gelegene Stadt. Ich dachte mir, dass ich den Rest des Weges dann zu Fuß gehen könnte. Ich schob die Fahrkarte wie einen Schatz in die Innentasche meiner Jacke und eilte nach Hause.

Der Zug ging am nächsten Morgen ganz früh. Bevor ich schlafen ging, räumte ich alles aus meinem Schulrucksack in die Schreibtischschublade und packte stattdessen nützliche Dinge für meine Reise ein. Ein Fernglas, meinen MP3-Player, Ersatzbatterien und das restliche Geld, das ich von meinem Vater gestohlen hatte.

Vor Aufregung konnte ich nicht einschlafen. Als um vier Uhr in der Frühe mein Wecker klingelte, den ich unter mein Kopfkissen gelegt hatte, damit niemand außer mir davon wach würde, hatte ich das Gefühl, gar nicht geschlafen zu haben. Ohne das Licht anzuschalten, schlich ich in die Küche und suchte Proviant für die Reise zusammen. Eilig bestrich ich einige Scheiben Toast mit Erdnussbutter, warf zwei Äpfel und eine Packung Cracker in meinen Rucksack und füllte meine Trinkflasche mit Wasser und Himbeersirup. Mein Herz schlug vor Aufregung und zugleich vor Angst, ich könnte es auf die letzte Minute noch vermasseln. Wenn jetzt jemand aufwachen und mich erwischen würde, wäre es mit meinem Traum vorbei.

In Gedanken malte ich mir ständig aus, wie ich die Geisterstation noch vor Milan und Aquila entdecken und dort lässig auf sie warten würde. Ich hätte mich längst umgesehen und säße mit meinem Zeichenbuch auf den unterirdischen Gleisen, wenn sie kämen. Ich stellte mir vor, wie sie mir auf die Schulter klopften. Ich sah ihre erstaunten Gesichter vor mir, die Anerkennung in Aquilas verwegenem Blick.

Ich atmete tief ein und hielt den Atem an, als ich mit kribbelnden Fingern die Klinke der Wohnungstür hinunterdrückte. Die Tür lautlos zu öffnen, war leicht. Ein Problem war, sie wieder zu schließen, ohne ein Geräusch zu machen. Ich hatte darüber nachgedacht, sie einfach offenstehen zu lassen. Aber dann wäre zu schnell aufgefallen, dass etwas nicht stimmte. Damit mein Plan gelingen konnte, brauchte ich einen großen Vorsprung. Wenn ich die Tür jedoch zu laut schloss und jemand nachsehen kam, wäre es sofort aus. Daher hatte ich schon am Abend den Wohnungsschlüssel von meinem Schlüsselbund gelöst, damit er nicht klapperte. Jetzt presste ich meine linke Hand von der Innenseite gegen die Tür und schob von außen rasch den Schlüssel ins Schloss. Ich drehte ihn mit rasendem Herzen bis zum Anschlag, sodass der Schnapper in der Tür verschwand. Vorsichtig zog ich die Tür heran und drehte den Schlüssel in Zeitlupe zurück. Ich kam mir vor wie ein Verbrecher. Es fühlte sich unwirklich an, und ich hatte das Gefühl, man könne meinen Herzschlag im ganzen Treppenhaus widerhallen hören. Ich griff nach meinen Schuhen, die neben denen meines Bruders vor der Tür standen, und schlich auf Socken die Treppen hinunter. Unten angekommen, schlüpfte ich in meine Schuhe, öffnete die Haustür und begann zu rennen. Ich hatte es geschafft. Geschafft, geschafft, geschafft.

Als ich nicht mehr konnte, verlangsamte ich meine Schritte und versuchte, meinen Atem zu beruhigen. Ich hatte es wirklich getan.

Als ich am Bahnhof ankam, war es kurz nach fünf. In etwa dreißig Minuten ging mein Zug. Viel war nicht los auf dem Gleis, aber es waren mehr Leute dort, als ich erwartet hatte. Ich hätte nicht gedacht, dass so viele Menschen am Samstag früh irgendwo hinmussten. Während ich wartete, packte ich eins der Erdnussbuttersandwiches aus, die ich mir für die Fahrt geschmiert hatte. Auf dem Bahnsteig war es windig, und mir fiel auf, wie kühl es geworden war. Noch vor ein paar Tagen hatte ich im T-Shirt in der Fabrik gesessen. Als der Zug endlich einfuhr, begann mein Herz wieder zu rasen. Das letzte Mal war ich vor zwei Jahren mit dem Zug gefahren, bei einem Klassenausflug. Ich schob die Erinnerung beiseite und tastete nach meiner Fahrkarte, die zusammengefaltet in meiner Jackentasche steckte. Ich machte einen großen Schritt die Stufen hinauf. Schwüle Wärme und ein intensiver Toilettengeruch schlugen mir entgegen. Dann ging ich von einem Abteil zum nächsten und suchte mir einen Sitzplatz, der nicht reserviert war.

Noch immer hatte ich das Gefühl, ich könnte jederzeit erwischt werden. Aber als der Zug endlich angefahren war, draußen die schummrige Landschaft vorbeiflog und die Regentropfen am Abteilfenster entlangzogen, wurde ich langsam ruhiger. Ich setzte meine Kopfhörer auf. Aaron hatte mir *Parachutes* besorgt, das erste Album von Coldplay, von denen ich heute alle Alben habe. Mein Bruder hatte gemeint, damit würde mich der Schulanfang nicht so deprimieren. Ich fand es passend, mein erstes richtiges Abenteuer mit neuer Musik zu beginnen. Die Musik verschmolz mit der Landschaft und dem Ruckeln des Zuges. Nach kurzer Zeit war ich eingeschlafen.

Ratte

Torge ist vermutlich der Mensch, der mein Leben am stärksten verändert hat. Als Kinder mochten wir uns nicht besonders, aber da war eine Verbindung zwischen uns, wie sie vielleicht auch richtige Geschwister haben. Man geht sich auf die Nerven, tritt aber für den anderen ein, wenn er auf dem Schulhof verprügelt oder gemobbt wird. Torge wurde in der Schule fast jeden Tag gemobbt. Ich fand, er war mit seinem Vater schon genug bestraft. Er hatte es nicht verdient, dass auch noch die anderen über ihn lachten, ihm die Schultasche klauten und mit Dreck füllten. Es hatte in der fünften Klasse einen Vorfall in der Jungenumkleide gegeben. Was genau dort passiert ist, hat er nie erzählt, und natürlich haben die anderen Jungen ebenfalls den Mund gehalten. Torge schwänzte danach den Sportunterricht und war nicht mehr dazu zu bewegen, die Umkleide zu betreten, sodass er schließlich ein Attest vom Kinderarzt bekam und vom Sportunterricht befreit wurde. Ich wusste, wer in dieser Umkleide gewesen war. Und letztlich war es doch egal, wer die Täter waren. Sie hatten schließlich alle zugesehen und die Schnauze gehalten. Jeder

Mensch hat ein peinliches Geheimnis und ist erpressbar. Es dauerte nicht lange, bis ich über jeden einzelnen dieser Jungen etwas in Erfahrung gebracht hatte. So war es ein Leichtes, sie höflich darum zu bitten, ihre Finger von Torge zu lassen. Nur in einem Fall war etwas zusätzliche Nachhilfe in Biologie notwendig. Ein kleines Experiment: Wie lange dauert es, bis einem schwarz vor Augen wird, wenn einem jemand die Kehle zudrückt?

Torge brachte meinen Beschützerinstinkt zum Vorschein, der vielleicht nicht so herzlich ist wie der meiner Mutter, aber immerhin. Auch ich hatte scheinbar Gefühle jenseits des Hasses auf all die Arschgesichter, die bei uns ein- und ausgingen.

Torge bedankte sich nicht gerade bei mir, dass ich ihm die Schweine vom Leib hielt, aber er ließ mich die Hausaufgaben abschreiben, und er gab mir seine gelesenen Comics, die er von seinem Taschengeld gekauft hatte.

Nach unserer Begegnung im Park konnte ich nicht aufhören, an Torge zu denken. Ich wollte ihn wiedersehen und erfahren, wie es ihm seit der Trennung ergangen war. Und wenn ich ehrlich bin, wollte ich das Gefühl zurück, einen Bruder zu haben. Und dann stand er eines Tages plötzlich bei uns vor der Tür.

Obwohl er schweigsam war und ständig zu Wutausbrüchen neigte, denen die Kühlschranktür, der Fernseher und diverse Kaffeetassen zum Opfer fielen, die wir bei näherer Betrachtung sowieso nicht mehr brauchten, brachte er positive Bewegung in unser Leben. Meine Mutter blühte richtig auf. Sie kümmerte sich um Torge wie dieser Typ aus der Bibel um seinen verlorenen Sohn, der nach Jahren wieder nach Hause zurückkehrt. Wahrscheinlich hatte sie noch immer ein schlechtes Gewissen, dass sie ihn damals mit Arschgesicht allein gelassen hatte. Sie machte ihm das Bett, kochte sein Lieblingsessen und schaffte es, ihn zu beruhigen, wenn er durchdrehte. Sie beklagte sich nicht über die Musik oder den Geruch von Bergamotte und Lavendel, den er in der Wohnung verströmte. Es war wie früher, nur ohne Arschgesicht. Ich hatte meinen Bruder zurück.

Jonas

Als ich wach wurde, brauchte ich einen Moment, um zu begreifen, wo ich war. Es war inzwischen taghell. Ich sah auf die Uhr. Halb neun. Ich hoffte, dass zu Hause noch niemand meine Abwesenheit bemerkt hatte. Wir frühstückten nie zusammen. Es war nicht ungewöhnlich, dass ich mir gegen acht, wenn die anderen noch schliefen, etwas zu Essen aus der Küche holte und bis zum späten Vormittag in meinem Zimmer blieb. Selbst wenn jemand mein Fehlen bemerkte, konnte es schließlich sein, dass ich den Samstag draußen verbrachte, so wie ich es in den Ferien fast jeden Tag getan hatte. Wenn ich Glück hatte, würden sie erst am Abend merken, dass etwas nicht stimmte. Ich schob die Gedanken an zu Hause beiseite und dachte stattdessen an Milan und Aquila. Hoffentlich waren sie nicht schon am Freitag losgefahren und längst dort, wenn ich ankam. Außerdem kam mir der Gedanke, dass ich gar nicht genau wusste, wo der geheime Bahnhof war und dass es eine Weile dauern konnte, bis ich ihn finden würde. Allerdings hatten die beiden gesagt, dass sie den genauen Ort auch nicht kannten und das Gebiet absuchen wollten. Aber wie sollte ich dieses Gebiet überhaupt finden? Ich wusste nicht einmal, wie lang die Grenze zwischen Deutschland und Polen überhaupt war. Ich vertrieb die aufkommende Panik, indem ich es mir zur Aufgabe machte, eine nicht defekte, nicht besetzte Zugtoilette zu suchen.

Ich hatte nie über Zugtoiletten nachgedacht, aber als ich in der winzigen Zelle stand und der Verlockung nachgab, immer wieder auf die Spülung zu drücken, um einen Blick auf die Gleise zu erhaschen, kam mir der Gedanke, dass derjenige, der dieses System erfunden hatte, vermutlich ziemlich stolz darauf war. Außerdem dachte ich, dass die Mutprobe auf den Gleisen der Eisenbahnbrücke damals nicht nur wegen der offensichtlichen Gefahr ziemlich dämlich gewesen war. Wenn wir bei Verstand gewesen wären, hätten wir niemals unsere Ohren auf die Planken gepresst, um zu horchen, ob sich ein Zug nähert. Ein Klopfen riss mich aus meinen Gedanken. Ich spülte noch einmal, wusch mir die Hände mit einem groben weißen Pulver unter dem dünnen Wasserstrahl und verließ unter den vorwurfsvollen Blicken einer Frau, die ein kleines Mädchen an der Hand hielt, die Toilette. Ich wusste nicht mehr, von wo ich gekommen war, und fand meinen alten Platz nicht wieder. Ich wanderte durch die Abteile und wählte eins, in dem es nach einer Seife roch, die mein Großvater immer benutzt hatte.

Die zweite Hälfte der Fahrt erschien mir endlos lang. Immer wieder sah ich auf die Uhr. Meine Gedanken kreisten um Milan und Aquila. Immer wieder malte ich mir aus, wie unser Zusammentreffen ablaufen würde. Wie sie mich als einen von ihnen anerkennen und wir danach zusammen alle verlassenen Orte dieser Welt besuchen würden.

Als endlich die Durchsage kam, dass der Zug in wenigen Minuten an der Endstation ankommen würde, schnappte ich mir meinen Rucksack, um an der Tür auf die Einfahrt in den Bahnhof zu warten.

Schließlich kam der Zug zum Stehen. Die Türen öffneten sich zischend, und ich sprang vor Aufregung ganz zittrig auf den Bahnsteig hinunter. Ich sah mich um und wunderte mich, dass der Name der Stadt nicht mit dem auf meiner Fahrkarte übereinstimmte. Aber der

Schaffner hatte eindeutig gesagt, dass es sich um die Endstation handelt und alle aussteigen müssen. *Aachen Hbf* stand auf großen Schildern am Gleis. Das kam mir seltsam vor.

Das klingt wahrscheinlich verrückt, aber ich dachte damals trotzdem, dass ich in der Nähe der polnischen Grenze sein musste. Der Gedanke, dass ich in einen falschen Zug gestiegen und in die entgegengesetzte Richtung gefahren sein konnte, kam mir gar nicht. Da auch die Uhrzeit nicht ganz mit der Ankunftszeit auf meiner Fahrkarte übereinstimmte, kam ich zu dem Schluss, dass ich den Ausstieg in Cottbus verpasst haben musste. Ich hatte natürlich von Aachen gehört, aber ich wusste nicht, wo die Stadt lag. Bei Aachen dachte ich an Lebkuchen und an Pflaumenmus, das es bei meinen Großeltern immer gegeben hatte. Als Kind hatte ich Knäckebrot mit Pflaumenmus geliebt, aber nur, wenn meine Großmutter es für mich zubereitet hatte: drei Scheiben wie ein Sandwich, dazwischen dick Pflaumenmus, sodass es beim Reinbeißen an den Seiten herausquoll. Zu Hause aß ich sowas nie. Eigentlich seltsam, dachte ich, während ich den Ausgang suchte. Erst als ich auf dem Bahnhofsvorplatz stand, kamen mir plötzlich Zweifel. Ich wusste nicht einmal, wie weit ich von der Grenze entfernt war und in welche Richtung ich gehen sollte.

Ich irrte eine Weile orientierungslos umher und fand, dass diese Stadt kein bisschen so aussah, als würde hier Pflaumenmus hergestellt werden. In Gedanken fragte ich meine Großmutter um Rat. Was hätte sie gemacht, wenn sie sich in einer fremden Stadt hätte zurechtfinden müssen, um einen geheimen Ort zu finden? An einer Bushaltestelle mit dem lustigen Namen Normaluhr machte ich Rast, um etwas von meinem Proviant zu essen. Das ganze Nachdenken über Pflaumenmusbrote hatte mich hungrig gemacht. Meine Großmutter ließ sich Zeit mit ihrer Antwort, aber endlich hörte ich ihre leise Stimme durch den Straßenlärm hindurch. Sie schlug vor, einen Bus zu nehmen, der Richtung Grenze fährt. Als der nächste Bus hielt und die Türen sich öffneten, wartete ich, bis die anderen Fahrgäste eingestiegen waren. Dann nahm ich meinen ganzen Mut zusammen und fragte den Busfahrer, ob er Richtung Grenze fährt. Er schüttelte den Kopf und zeigte mit dem Finger in eine

Richtung die Straße hinunter. Dazu sagte er etwas, das ich nicht ganz verstand. Es klang so, als wüsste er selbst nicht genau, wohin der Bus überhaupt fährt. Er schien ungeduldig, weil ich immer noch die Tür blockierte. „Rein oder raus, Junge", sagte er, und ich trat einen Schritt zurück.

So stand ich immer noch etwas unschlüssig an der Haltestelle herum, als der nächste Bus kam. Ich schämte mich für das misslungene Gespräch mit dem Busfahrer, aber ich musste es noch einmal versuchen. Als der Bus hielt, gab ich mir noch einmal einen Ruck und fragte einen der aussteigenden Fahrgäste, in welche Richtung sich die Grenze befindet. Die Frau zeigte mit ihrem Schirm die Straße hinunter in die gleiche Richtung, in die auch der Busfahrer gezeigt hatte. Geradeaus und dann rechts und dann einfach immer weiter geradeaus. „Kann man da zu Fuß hingehen?", fragte ich. „Sicher. Wenn man Zeit hat. Zwei, drei Stunden würde ich sagen." Sie sah sich um. „Bist du ganz allein?"

„Nein, mein Vater kommt gleich, der besorgt nur kurz was zu Essen. Wir machen einen Wanderausflug." Ich war erstaunt, wie gut ich lügen konnte. Es gefiel mir. Ich war nicht mehr der alte, schüchterne Jonas. Ich war unbemerkt von zu Hause weggelaufen, allein in eine fremde Stadt gefahren, hatte einen Busfahrer angesprochen und eine Frau mit Schirm angelogen. Das war ein gutes Gefühl.

„Ah, na dann viel Spaß beim Vater-Sohn-Ausflug. Da ist auch ein nettes Café."

Ich wartete, bis sie nicht mehr zu sehen war. Dann ging ich die Straße entlang in die Richtung, die sie mir gezeigt hatte. Immer geradeaus klang einfach. Mein Plan war es, erst einmal bis zur Grenze zu gelangen und dann so lange daran entlangzuwandern, bis ich einen Ort fand, der so aussah, als könnte dort mal ein Bahnhof gewesen sein.

Nach einer Weile kam ich an einer Art Park vorbei. Dort fiel mir eine Frau auf, die ganz in Weiß gekleidet war und reglos vor einer Mauer mitten im Park stand. Sie stand mit dem Rücken zu mir und schien etwas zu lesen. Oder betete sie? Dann geschah etwas Merkwürdiges. Einen Moment lang dachte ich, dass meine Augen mir in der Mittagssonne, die plötzlich hinter den Wolken hervorgetreten war und mich blendete, einen Streich spielten. Die Frau trat einen Schritt nach vorn und verschwand in der Steinmauer. Ich schirmte mit der Hand meine Augen ab und sah mich um. Ich musste mich verguckt haben. Sie war sicher noch irgendwo. Aber ich konnte sie nirgends entdecken. Ich ging langsam näher an die Mauer heran. Erst jetzt konnte ich erkennen, dass an einer Seite Wasser aus dem Stein rann. Rosenquelle stand darüber. Hatte die Frau aus der Quelle getrunken? Ich blickte nach oben in das gleißende Sonnenlicht, und als ich wieder zur Quelle sah, war dort eine Tür. Ich hätte schwören können, dass dort vor wenigen Sekunden nichts gewesen war als die blanke Mauer, aus der das Quellwasser heraustrat. Ich ging nun ganz nahe heran, ließ Wasser über meine Hände rinnen und trank vorsichtig einen Schluck. Das klare Wasser tat gut, nachdem ich den ganzen Vormittag über nur Himbeerbrause getrunken hatte. Ich sah mich nach allen Seiten um. Der Park und die Straße waren menschenleer. Ich betrachtete die Mauer und stellte staunend fest, dass sich dort, wo ich eben eine Tür gesehen hatte, wieder nur die Mauer befand. Alles war irgendwie surreal. Während ich die Handflächen auf den Stein legte, dorthin, wo die Tür gewesen und wo die weiße Frau im Stein verschwunden war, dachte ich: Vielleicht sitze ich noch im Zug und schlafe. Und dann setzte mein Herz einen Schlag aus und die Welt drehte sich. Meine Hände spürten keinen Widerstand. Ich stolperte nach vorn und stürzte eine Steintreppe hinunter. Ich dachte an meinen Bruder und den Sommer in der alten Fabrik, daran, dass Coldplay die letzte Band war, die ich gehört hatte, und an das Geld, das ich meinem Vater nun nicht mehr würde zurückgeben können. Ich dachte an Aquila und Milan, die ich nie mehr treffen würde, und an den Geisterbahnhof. Ich war so kurz vor meinem Ziel gescheitert. Nun würde ich sterben, dachte ich, hier, auf irgendeiner kalten, dunklen Treppe unter der Erde.

Ratte

Damals ging die Vermisstenmeldung durch die Medien. Ein dreizehnjähriger Junge aus unserer Gegend war verschwunden. Zuletzt wurde er an einer Bushaltestelle in Aachen gesehen. Zeugen hatten ausgesagt, er habe nach dem Weg zur Grenze gefragt. Daher wurde auch in Belgien und den Niederlanden nach ihm gesucht. Sein

Gesicht war auf der Titelseite von Zeitungen und immer wieder auch im Fernsehen. Ein dunkelhaariger Junge mit traurigen Augen und einem kaum merklichen Lächeln. Er kam mir nicht bekannt vor. Torge behauptete, er habe ihn kurz vor seinem Verschwinden gesehen, als er mit Milan auf einer Lost-Place-Tour war.

„Er hat gefragt, ob er mit uns kommen kann", meinte Torge. „Vielleicht wäre er nicht verschwunden, wenn wir ihn nicht abgewiesen hätten."

„Du spinnst ja wohl. Ihr hättet doch kein Kind mit auf eure Tour nehmen können."

„Wir sind ja sowieso nicht gefahren."

„Was ist überhaupt mit Milan?", wollte ich wissen.

„Er ist ein Arsch."

Viel mehr erfuhr ich nicht. Soweit ich es mir zusammenreimen konnte, hatte Torge, nachdem er bei seinem Vater raus war, eine Weile bei Milan gewohnt, der mit seinen beiden älteren Schwestern in einer WG lebte. Torge sprach fast nie über ihn. Meine Theorie: Milan konnte die Bergamotte- und Lavendelschwaden von Torges extravaganter Parfümierung nicht länger ertragen. Mir ging es jedenfalls so. Trotzdem war ich froh, dass Torge da war. Solange ein stark parfümierter, zu Aggressionen neigender Junge mit einem gebrochenen Herzen bei uns wohnte, war zumindest kein Platz im Leben meiner Mutter für ein neues Arschgesicht.

Außerdem brachte Torge mich mit seiner Besessenheit von dem verschwundenen Jungen dazu, endlich mein Leben in die Hand zu nehmen. Wir beschlossen, herauszufinden, was mit Jonas C. geschehen war.

Als ich die zusammengefaltete Zeitung mit der Meldung über Jonas, die Torge vom Zigarettenholen mitgebracht hatte, vom Schreibtisch nahm, fiel etwas heraus. Ein akkurat zusammengefaltetes DIN-A4-Blatt, das einen dezenten zitrusartigen Duft verströmte. Es ist absolut schäbig, die Briefe anderer Leute zu lesen. Darum widerstand ich meiner Neugier.

Milan

Mein lieber Aquila,
es tut mir unendlich leid, dass ich nicht den Mut hatte, für das einzustehen, was ich wirklich fühle. Ich weiß, dass du mir nicht verzeihen kannst. Du dachtest, endlich einen Freund im Leben

gefunden zu haben, einen Menschen, dem du vertrauen kannst und der zu dir steht in einer Welt, die von Beginn an so viel Schmerz und Feindseligkeit für dich bereithielt.

Ich kann mir selbst nicht verzeihen, und es vergeht kein Tag, an dem ich nicht unglücklich bin. Ich weiß, dass ich ein Feigling bin. Anders als du. Dich interessiert das Urteil der anderen nicht. Aber ich bringe es nicht übers Herz, meiner Familie, meinem Vater, meinen Schwestern entgegenzutreten. Ich brauche sie, und ich ertrage es nicht, ausgestoßen und verachtet zu sein.

Ich werde die Zeit mit dir nie vergessen. Ein Teil von mir will, dass niemals ein anderer an meinen Platz tritt. Aber dafür liebe ich dich zu sehr, und du hast jemanden an deiner Seite verdient, mit dem du deine Kreise am Himmel ziehen und deine Freiheit auskosten kannst, mein geliebter Adler.

Ich weiß, dass es jetzt nicht möglich ist, aber hätte ich nur einen Wunsch frei, so wollte ich, dass du mir irgendwann vergibst und mit dem gleichen Gefühl von Erfüllung und Dankbarkeit an unsere Zeit zurückdenkst wie ich.

Kaum wage ich es zu hoffen, aber eines Tages, wenn die Sterne es erlauben, vielleicht werden wir uns noch einmal wiedersehen. Ich könnte besser ertragen, was kommt, wenn ich wüsste, dass ich dich nur einmal noch im Arm halten, nur einmal noch mit dir mich eins fühlen dürfte. –

In immerwährender Liebe

Dein Milan

Ratte

Zwischen Torge und mir gab es kaum noch ein anderes Thema. Wir waren besessen von dem Gedanken, Jonas zu finden. Alles, was wir in den Medien finden konnten – bis auf einen geschmacklosen Artikel in einem Magazin über unerklärliche Phänomene, in dem behauptet wurde, es gäbe Hinweise darauf, dass der verschwundene Junge vom Bahkauv, einem Aachener Kanalmonster, verschleppt und getötet worden sei –, sprach dafür, dass er von zu Hause weggelaufen war. Angeblich hatte er eine größere Summe Geld mitgenommen. Und laut Zeugenaussagen hatte er an der Bushaltestelle gestanden, in aller Ruhe Butterbrote gegessen und nach dem Weg zur Grenze gefragt. Es war möglich, dass er es irgendwie geschafft hatte, unbemerkt das Land zu verlassen.

Alles, was wir hatten, waren die öffentlichen Informationen, die wir akribisch durchkämmten, Torges persönliche Begegnung mit Jonas in der Fabrikruine und eine Vermisstenwebseite, die von Jonas' Bruder Aaron erstellt worden war und die wir aus den Nachrichten kannten.

Wir hatten damals keinen Internetzugang zu Hause. Um uns die Webseite genauer ansehen zu können, gingen wir in die Bücherei, wo man als Mitglied täglich eine Stunde kostenlos das Internet durchstöbern konnte.

Auf der Webseite wurden die Umstände des Verschwindens beschrieben, und es waren mehrere Fotos von Jonas in den Text eingebunden: Ein großer Junge mit dunklen Haaren und feinen Gesichtszügen saß mit seitlich angewinkelten Beinen auf dem Sofa und streichelte eine schwarze Katze. Auf einem anderen Bild blickte er, offenbar beim Lesen eines Comics überrascht, frontal in die Kamera. Ein weiteres Bild schien ein Ausschnitt aus einem Klassenfoto zu sein. Es war auch das, was in den Medien immer wieder gezeigt wurde, und das einzige auf Aarons Seite, auf dem Jonas keinen Kopfhörer trug. Auf allen anderen hatte er ihn entweder auf den Ohren, oder der Bügel lag zurückgeschoben um seinen Hals.

„Diese Kopfhörer hatte er auch in der Fabrik auf", sagte Torge. „Er scheint musiksüchtig zu sein."

„Gesünder als Zigaretten."

Torge knuffte mich in die Seite.

Für Hinweise war eine E-Mail-Adresse angegeben. Wir richteten uns eine eigene E-Mail-Adresse ein, und Torge schrieb Aaron, dass er Jonas kurz vor seinem Verschwinden an der alten Fabrik getroffen hatte und dass wir ihm helfen wollten, seinen Bruder zu finden. Wir schlugen ein Treffen vor und hofften, er würde sich zurückmelden, bevor unsere Internetsession abgelaufen war.

Der Schulfoto-Jonas schaute aus dem Bildschirm heraus durch uns hindurch oder an uns vorbei, als interessierte er sich mehr für die Bücher hinter uns als für die zwei Gestalten, die beschlossen hatten, ihn zu finden. Als die Bibliothekarin, die kurz zuvor unsere Ausweise ausgestellt und uns gezeigt hatte, wie wir die Rechner benutzen können, von ihrem kleinen Informationsschalter aus das Foto auf dem Bildschirm erkannte, kam sie zu uns herüber.

„Traurig, das mit dem Jungen", sagte sie. „Der war oft hier."

Torge und ich wendeten uns vom Bildschirm ab und starrten die Bibliothekarin an.

„Vor Kurzem erst."

„Was hat er denn gelesen?", wollte Torge wissen, aber die Bibliothekarin zog die Augenbrauen hoch und schüttelte den Kopf.

„Das unterliegt natürlich der Geheimhaltung."

„Kommen Sie schon. Was hat er zuletzt ausgeliehen?", hakte ich nach.

„Das kann ich euch wirklich nicht sagen", behauptete sie. Aber da wusste ich schon, dass ich sie knacken würde. Sie wollte es uns sagen.

„Jeder Hinweis zählt. Wir treffen uns nachher mit seinem Bruder."

Sie wirkte erstaunt, schüttelte aber nur nochmals den Kopf.

„Vielleicht geben die Bücher Aufschluss darüber, wo er hinwollte. Sie können uns dabei helfen, Jonas zu finden."

Sie seufzte und verdrehte die Augen. Das war einfach gewesen. Torge und ich wechselten einen Sekundenblick. Wir folgten ihr zu ihrem Bibliotheks-PC, in dem sie innerhalb weniger Sekunden Jonas' Nutzerkonto aufrief.

„Lauter Jugendbücher, Comics, Musik-CDs. Und zuletzt mehrere Bücher über die Geschichte der Stadt", sagte sie und drehte den Bildschirm so, dass wir ihn sehen konnten. „Einen Band hat er noch nicht zurückgegeben."

Wir schickten Aaron eine zweite Mail und baten ihn, in Jonas' Sachen nach dem Büchereibuch zu suchen.

Eine Antwort erwartete uns am nächsten Tag, als wir direkt bei Öffnung der Bücherei wieder auf der Matte standen. Aaron schrieb, dass das Buch auf Jonas Schreibtisch lag, und wollte uns treffen.

Jonas

Meine Erinnerung ist sehr lückenhaft und vieles kann ich mir selbst nicht erklären. Ich war einer weißen Frau gefolgt und an der Rosenquelle eine unterirdische Treppe hinuntergestürzt. Ich war überzeugt, dass nun alles vorbei war. Ich erinnere mich an die Kälte und die Angst, dort unten allein zu sterben. Ich sah mich nach der weißen Frau um, aber es war so dunkel, dass ich sie nicht einmal hätte sehen können, wenn sie direkt vor mir gestanden hätte. Ich hastete auf allen vieren die Treppe wieder hinauf und stellte entsetzt fest, dass es dort keine Tür gab. Ich presste die Hände gegen die kalte Mauer und spürte meinen Herzschlag im ganzen Körper. Woher war ich gekommen, wenn es hier keinen Ausgang gab? Mir graute vor dem Dunkel und dem kalten Hauch, der mir von unten entgegenwehte, aber ich hatte keine andere Wahl. Ich musste einen anderen Ausweg finden. Schritt für Schritt tastete ich mich vorwärts.

Ich weiß nicht mehr, wie lange ich dort unten herumirrte und wie ich schließlich nach draußen fand. Das Nächste, woran ich mich erinnere, ist eine leuchtend grüne Wiese.

Ratte

Es war das erste und letzte Mal, dass wir Jonas' Bruder sahen. Wir verabredeten uns im Park. Er wirkte wie ein Gespenst. Völlig neben der Spur und fertig, als hätte er seit Nächten nicht geschlafen, was vermutlich auch zutraf. Wortlos hielt er uns das Buch hin. Es war ein Band über die

Geschichte der Stadt. Ein glattgestrichenes Bonbonpapier steckte als Lesezeichen darin. Ich erkannte die Abbildung auf der markierten Seite nicht sofort, aber Torge atmete scharf ein. Auf der Doppelseite war ein Fabrikgelände abgebildet. Im Vordergrund sah man ein großes eisernes Tor in einer Steinmauer. Dahinter führte ein breiter Weg aus Kopfsteinpflaster zu einem im Hintergrund erkennbaren Gebäudekomplex aus Werk- und Lagerhallen.

„Woher wusstet ihr von dem Buch", fragte Aaron.

„Wir haben ihn da gesehen", sagte Torge und deutete auf das Buch.

Aaron starrte Torge ungläubig an. Ich erklärte ihm, wie wir von seiner Seite erfahren hatten und in die Bücherei gegangen waren, um kostenlos das Internet zu nutzen. Aaron schien nur mit einem Ohr zuzuhören.

„Ich habe ihn dort mit hingenommen", sagte er mitten in meine Erklärungen hinein. „Ich wollte nicht, dass er immer allein zu Hause rumhängt in den Ferien." Aarons Stimme war leise, sein Blick leer. „Er ist ständig dort gewesen. Ich wusste das, aber ich dachte, besser da als zu

Hause. Es war ja klar, dass irgendwann etwas passieren musste."

„Scheiße", sagte Torge. „Wir haben ihm von unseren Touren erzählt und dass es noch viel mehr solcher Orte gibt. Bessere als die Fabrik, wo die Scrapper schon alles geplündert und zerstört haben. Er wollte mit uns kommen."

Aaron wirkte plötzlich wieder ganz beisammen. Er sah Torge misstrauisch an.

„Wir haben ihm natürlich gesagt, dass wir keinen fremden Jungen mitnehmen."

Aaron sah aus, als würde er Torge im nächsten Moment den Kiefer aus dem Gesicht schlagen.

„Das bringt doch jetzt nichts", sagte ich. „Vorwürfe könnt ihr euch später machen. Wir fahren jetzt zu dieser Fabrik und suchen nach Spuren."

Aaron winkte ab. Er war seit dem Verschwinden seines Bruders fast jeden Tag dort gewesen, halb in der Hoffnung, dass Jonas dort eines Abends einfach wieder auftauchen würde. Er wollte nicht mit uns dorthin fahren. Vielleicht hatte er auch einfach Angst, Torge gegenüber die Beherrschung zu verlieren. Seine Abneigung war deutlich spürbar. Also verabschiedeten wir uns von ihm und versprachen, uns bei ihm zu melden, sobald wir etwas herausfinden würden.

Auf dem alten Fabrikgelände fanden wir nicht den geringsten Hinweis. Torge ging voran und zeigte mir den Ort, an dem Jonas gesessen hatte. In einem der oberen Stockwerke tat sich am Ende eines Ganges ein Abgrund auf. Ziemlich tief ging es dort hinunter. Neben dem Loch im Gemäuer hatte jemand *Schwerter zu Pflugscharen* in einen der Ziegel geritzt. Einen Moment lang fragte ich mich, ob Jonas das geschrieben haben könnte. Aber warum sollte ein Dreizehnjähriger sowas tun?

Torge hatte einen Wutanfall und begann, beunruhigend nah am Abgrund auf und ab zu gehen und mit geballten Fäusten gegen das Mauerwerk zu schlagen.

„Hör auf, das ist Vandalismus", ermahnte ich ihn.

„Was interessiert mich dieses Scheißgemäuer!" Da ich Milans Brief aus Anstand nicht gelesen hatte, ahnte ich natürlich nicht, dass noch etwas anderes in ihm brodelte als das schlechte

Gewissen und die Sorge um Jonas. Ich packte ihn am Handgelenk und zog ihn vom Abgrund weg.

„Scheiß drauf, kleiner Bruder." Er sah mich verstört an, aber wenigstens drehte er nicht mehr komplett am Rad.

„Ich bin älter als du, also wenn schon …", stammelte er.

„Dann benimm dich auch so."

Torge seufzte.

„Und was machen wir jetzt?", fragte er.

„Die Nerven bewahren. Hier werden wir nichts finden. Wir sollten uns in Aachen umsehen, wo Jonas zuletzt gesehen wurde."

„Ein vernünftiger Plan", sagte Torge, während er sich die blutigen Knöchel rieb.

In der Woche darauf fuhren wir nach Aachen. Es war meine erste richtige Reise. Wir gingen zu der Bushaltestelle, an der Jonas das letzte Mal von Augenzeugen gesehen worden war. Es war ein seltsames Gefühl. Angeblich hatte er nach dem Weg zur Grenze gefragt, also gingen wir zu Fuß bis zur belgischen Grenze, was sich jedoch als nutzlos herausstellte.

Eine Woche blieben wir in der Stadt, gingen jeden möglichen Weg, den Jonas von der Bushaltestelle aus genommen haben könnte, befragten Passanten, verfolgten die Nachrichten und entwarfen eine Theorie nach der anderen. Aber schon nach kurzer Zeit wurde kaum noch Neues über den Vermisstenfall berichtet, und wir fuhren schließlich zurück, ohne auch nur die geringste Spur gefunden zu haben.

Als wir wieder zu Hause waren, erfuhren wir, dass Aaron sich das Leben genommen hatte. Seine Eltern hatten uns über seine E-Mail-Adresse informiert.

Es folgte eine schwere Zeit. Torge hatte einen Nervenzusammenbruch nach dem nächsten, und meine Mutter brachte ihn schließlich in eine Klinik. Ich stürzte mich weiterhin in die Suche nach Jonas, fuhr wieder und wieder nach Aachen, las Bücher über Spurensuche, schaute Sendungen über Vermisstenfälle. Aber der Junge blieb verschwunden.

Jonas

Manchmal, wenn Leute immer wieder dieselben Fragen stellen, erzähle ich ihnen, ich wäre einige Jahre bei Frau Holle in Diensten gewesen, bis sie mich nicht mehr brauchte und mich zurückschickte. Sie ist eigentlich eine ganz nette ältere

Frau, aber die Art, wie sie Kinder auf die Probe stellt und danach beurteilt, ob sie auch folgsam sind, ist schon etwas altmodisch. Dann lachen die Leute, und ich sage ihnen, wenn sie so neugierig sind, können sie ja selbst mal in die Fremde fahren und nach verborgenen Durchgängen in andere Welten suchen.

In der ersten Zeit nach meiner Rückkehr arbeitete ich an einer Graphic Novel über meine Erlebnisse. Zuerst waren die Erinnerungen noch klar und lebendig. Aber mit der Zeit sind sie verblasst, und es kommt mir vor wie ein intensiver, aber sehr lange zurückliegender Traum, von dem nur einzelne Bilder geblieben sind. Wenn ich heute das Heft mit den Zeichnungen zur Hand nehme, bin ich mir nicht einmal mehr sicher, ob ich das wirklich erlebt oder einfach nur erfunden habe, um das riesige Loch in meiner Erinnerung zu füllen.

In meiner Erinnerung ganz klar ist bis heute nur der Tag meiner Rückkehr. Wieder folgte ich dieser ganz in Weiß gekleideten Frau. Sie ging in einiger Entfernung voran. Um uns herum das Grün eines duftenden Waldes. Die Vögel sangen überlaut, als wären sie direkt in meinem Kopf.

Die Frau trat aus dem Wald heraus und ich beeilte mich, um sie nicht aus den Augen zu verlieren. Der Gesang der Vögel verstummte, als auch ich den Wald verließ und plötzlich auf einer Wiese stand, die unendlich weit zu sein schien. Die Frau war an einem Stein stehengeblieben, der aus dem hohen Gras ragte und genauso weiß aus dem Grün hervorleuchtete wie ihr Kleid. Sie stand reglos da. Betete sie? Ich sah mich um. Der Wald hinter mir wirkte plötzlich düster und verschlossen. Und als ich mich wieder nach vorn wandte, war die Frau verschwunden. Ich ließ den Blick über die Wiese schweifen und ging näher an den Stein heran, aber da waren nicht einmal Spuren im Gras. Ich umrundete den Stein und sah eine Spalte, die in eine unterirdische Höhle zu führen schien.

Ich stieg hinab, und alles kam mir unwirklich vor. Am deutlichsten erinnere ich mich daran, wie schmerzlich ich das Grün vermisste, den Duft des Waldes und der Wiese. All das kam mir plötzlich sehr weit weg vor. Ich weiß nicht, wie lange ich den kalten, dunklen Gang entlangwanderte, die Hände an den feuchten Wänden zur Orientierung, bis ich schließlich stolperte, weil mein Fuß gegen einen Widerstand gestoßen war. Eine Treppe! Ich stieg die Stufen langsam hinauf und stand vor einer steinernen Wand. Mir war, als hätte ich diesen Moment schon einmal erlebt. Als ich meine Handflächen auf die Mauer presste, bemerkte ich, dass dort eine Tür war, die sich jetzt langsam unter dem Druck meiner Hände öffnete.

Das helle Tageslicht blendete mich. Einen Moment lang war ich irritiert und begriff nicht, was das für Geräusche waren, die von allen Seiten auf mich einschlugen, bis die Erinnerung langsam zurückkehrte: Straßenlärm, Stimmen, Hundegebell. Ich war zurück in der Welt, in der ich meine Kindheit verbracht hatte.

Ratte

Als uns die Nachricht erreichte, dass es sich bei dem blassen jungen Mann, der ohnmächtig in einem Aachener Park aufgefunden worden war, vermutlich um Jonas C. handelte, fuhr ich mit Torge sofort in das Krankenhaus, in das man ihn gebracht hatte. Die Aachener Polizei kannte uns. Dort wusste man, dass wir auf eigene Faust im Fall Jonas ermittelt hatten, schließlich hatten wir die Beamten immer wieder mit Anfragen belästigt. Begeistert waren sie nicht, aber schließlich ließen sie uns doch zu ihm. Außer der Presse schien sich niemand ernsthaft für Jonas zu interessierten. Seine Eltern hatten im Jahr nach seinem Verschwinden und dem Tod seines Bruders einen mysteriösen Autounfall gehabt. Sie waren mitten in der Nacht auf einer ruhigen Landstraße ohne erkennbaren Grund von der Fahrbahn abgekommen und mit einer Geschwindigkeit von über 100 km/h frontal gegen einen Baum gefahren. Beide waren noch am Unfallort gestorben. Die Öffentlichkeit wurde über die genauen Zusammenhänge im Unklaren gelassen.

Jonas erkannte Torge sofort, obwohl sie sich nur ein einziges Mal begegnet waren und diese Begegnung fünf Jahre zurücklag. Sie musste einen starken Eindruck hinterlassen haben.

„Aquila!", rief er erstaunt aus, als wir sein Krankenzimmer betraten. Ich erkannte das Lächeln des traurigen Jungen aus der Zeitung.

Jonas fragte nach Milan, und Torge ging nicht an die Decke. Irgendetwas klickte zwischen den beiden, und ohne irgendwelche Anstalten des Kennenlernens versanken sie wie zwei alte Freunde in einer Welt der verborgenen Orte und vergessenen Zeiten und ließen mich als fünftes Rad am Wagen zurück.

Jonas hatte buchstäblich nichts, keine Familie, kein Zuhause, keinen Ausweis oder sonst irgendwas. Er war achtzehn Jahre alt und musste sich um tausend Dinge kümmern, von denen er gar keine Ahnung hatte. Als er endlich aus dem Krankenhaus entlassen wurde, zog er zu Torge in die WG. Der Chaot mit den Wutausbrüchen, der zu diesem Zeitpunkt schon mehrere Klinikaufenthalte und gescheiterte Therapieversuche hinter sich hatte, ließ auf einmal den großen Bruder raushängen und nahm den immer etwas verloren wirkenden Jonas unter seine Fittiche. Die beiden zogen an den Wochenenden los und erkundeten irgendwelche verlassenen Heilanstalten, Kaufhäuser, Fabriken und was weiß ich. Ich war zuerst ziemlich eifersüchtig, das muss ich zugeben. Die Suche nach Jonas und das Gefühl, keinen richtigen Platz in der Welt zu haben, hatten Torge und mich zusammengeschweißt. Jetzt sah ich ihn nur noch selten.

In den Jahren davor hatte ich mehrere Versuche unternommen, mein Leben in die Hand zu nehmen. Ich hatte eine Ausbildung zur Altenpflegerin begonnen und nach wenigen Monaten wieder abgebrochen. Damit habe ich vermutlich einer Menge alter Menschen viel Leid erspart. Die Ausbildung zur Steinmetzin habe ich nicht abgebrochen, aber mein Ausbildungsbetrieb musste in meinem zweiten Lehrjahr schließen, und ich habe es nicht geschafft, mir einen neuen Betrieb zu suchen. So stand ich mit Mitte zwanzig mit zwei abgebrochenen Ausbildungen und ohne nennenswerte berufliche Qualitäten mal wieder im Nichts, jobbte ein bisschen als Hundesitterin, arbeitete ehrenamtlich im Tierheim und in einer Pflegestelle für verletzte Wildtiere. Ich hatte wenig Hoffnung, noch mal irgendwas auf die Reihe zu kriegen.

Obwohl ich zu diesem Zeitpunkt nicht mehr bei meiner Mutter wohnte, verbrachte ich die meiste Zeit bei ihr und ihrer Hündin Gladys. Es dauerte lange, bis der Groschen bei mir endlich fiel. Seit Torge nur noch mit Jonas abhing, klaffte ein riesiges Loch in meinem Leben, und ich beschloss, ein drittes Mal, eine Ausbildung zu beginnen. Ich bewarb mich im Landtierheim auf die einzige frei werdende Lehrstelle und hatte Glück. Wenige Monate später konnte ich mit der

Ausbildung beginnen und habe diesen Weg seitdem nie bereut.

Jonas

Es ist drei Uhr morgens. Ich kann nicht mehr einschlafen. Ich habe von der Frau in Weiß geträumt. Sie war still und geheimnisvoll, wie aus einer anderen Welt. In meinem Traum sah ich sie, wie sie durch eine Tür in einen anderen Raum trat. Mir wurde bewusst, dass ich nie ihr Gesicht gesehen habe. Ich wollte ihr folgen, konnte mich aber nicht rühren. Dann bin ich aufgewacht.

Aquila schläft auf dem Sofa. In wenigen Stunden brechen wir auf, um eine lange offene Mission zu erfüllen. Wir wollen den Geisterbahnhof in der Nähe von Görlitz finden. Er sagt, er braucht ein bisschen Ruhe vom echten Leben. Sein Vater ist schon wieder hinter ihm her. Ich bin ihm einmal kurz begegnet und kenne ihn sonst nur aus Erzählungen, hauptsächlich von Ratte. Aquila redet fast nie über die Vergangenheit. Er redet überhaupt immer weniger, ist ständig gereizt, trinkt viel zu viel und rastet wegen jeder Kleinigkeit aus. Ich bin froh, dass er überhaupt noch mit mir loszieht. Die Auszeit wird ihm guttun.

Ratte

Seit fast einem Monat gibt es kein Lebenszeichen von Torge. Jonas ist kaum ansprechbar. Er sagt, er kann sich an nichts erinnern. Aber ich glaube, er weiß mehr, als er zugibt. Ich habe die Vermisstenmeldung aufgegeben, aber ich bezweifle, dass die Ermittler Torge finden werden. Überwachungskameras am Dresdener Bahnhof zeigen die letzten Bilder, auf denen er mit Jonas zu sehen ist. Kurz darauf saßen sie im Zug Richtung Görlitz. Eine Zugbegleiterin erinnert sich, die beiden kontrolliert zu haben. Sie seien ruhig gewesen, hätten beide Kopfhörer auf den Ohren gehabt, aus dem Fenster geschaut und ihr erst nach Aufforderung wortlos die Fahrkarten gezeigt. Jonas behauptet, sich nicht einmal mehr daran erinnern zu können. Das letzte, was er sicher weiß, ist angeblich, dass er am Morgen vor ihrer Fahrt früh wach war, seine Playlist für die Zugfahrt aktualisiert und dann auch Torges Playlist durchgehört hat.

In den Nachrichten hieß es, man gehe von einem tragischen Unfall aus, da die Jacke des

Vermissten nahe einer Höhle im Lausitzer Berg-
land gefunden wurde. Ich habe eine Ahnung, was
das bedeutet. Besonders da Jonas mit drinsteckt.
Der Junge, mit dem traurigen Gesicht, der einmal
für fünf Jahre wie vom Erdboden verschluckt
war. Er ist eigentlich kein hinterhältiger Typ, und
ich weiß nicht, ob er eine Lüge so lange aufrecht-
erhalten könnte. Aber so ganz nehme ich ihm
seine Erinnerungslücke doch nicht ab.

Milan hat sich gemeldet. Er hat von dem Vermisstenfall gehört und Torges Bild in den
Medien gesehen. Milan, der Typ mit dem schnul-
zigen Entschuldigungsbrief. Jahrelang hat er sich
einen Scheiß um Torge geschert. Jetzt kann er
meinetwegen verrecken vor Sorge. Wir haben
damals Torges Wutausbrüche ertragen müssen.
Wir waren es, die jeden Tag mit der Angst leben
mussten, dass der echte Torge hinter diesem
leeren Blick gar nicht mehr existierte, dass etwas
in ihm unwiederbringlich erloschen war. Nicht
Milan, dieser heuchlerische Idiot. Sondern wir.
Meine Mutter und ich.

Meine Mutter hatte einen Unfall. Irgend so
ein Schwein hat beim Abbiegen nicht auf die
ältere Frau mit der Leopardenleggings und der

bunten Patchwork-Strickjacke geachtet. Pippin, der bei ihr war, als es passierte, ist unverletzt, aber noch immer verstört. Solange sie in der Reha ist, wohnt er bei mir. Er sitzt mit fragendem Blick neben mir und versteht so wenig wie ich, was hier vor sich geht. Ich bin sicher, dass Arschgesicht dahintersteckt. In der Nacht vor dem Unfall hatte er mal wieder unten vor dem Haus herumgetobt und meinen Namen gebrüllt. Diesmal ließ ich ihn nicht rein, und die Nachbarn riefen irgendwann die Polizei, weil er nicht aufhörte, gegen die Tür zu treten und auf alle Klingeln einzudreschen, um ins Haus zu kommen. Als die Polizei eintraf, war er längst weg. Natürlich streitet er alles ab. Aber was soll das bitte für ein seltsamer Zufall sein? Und wäre es nicht ein ebenso interessanter Zufall, wenn sich zwischen den Rosen eines gewissen Vorgartens und im Kühlergrill des SUVs im zughörigen Carport auf einen anonymen Hinweis hin illegale Substanzen in kleinen Plastikbeuteln finden würden?

Manchmal liege ich im Bett und male mir aus, wie Arschgesicht endlich seine gerechte Strafe kriegt. Torge wird er nun jedenfalls nicht mehr heimsuchen.

Ich hoffe, dass es meinem durchgeknallten Bruder, da, wo er jetzt ist, gut geht.

Jonas' Playlist

Weird Fishes / Arpeggi (Radiohead)

My Name is Jonas (Weezer)

Loser (Beck)

Dollars and Cents (Radiohead)

Imitation of Life (R.E.M.)

Conrad (Ben Howard)

The Diver (Gravenhurst)

King's Crossing (Elliott Smith)

Include Me out (dEUS)

Dear Life (Beck)

Dream on (Aerosmith)

Spies (Coldplay)

Square One (Coldplay)

A Rush of Blood to the Head (Coldplay)

Street Spirit (Radiohead)

Torges Playlist

Mortal Boy (Cave)

Heart-Shaped Box (Nirvana)

In Flux (The Snake Corps)

Sisters (Odd Nosdam)

Temple of Love (Sisters of Mercy)

Gallowdance (Lebanon Hanover)

Alien (Lebanon Hanover)

Solringen (Wardruna)

Yggdrasil (Danheim)

Monster (Skillet)

Twin Deamons (Placebo)

Wild is the Wind (David Bowie)

Toxicity (System of a Down)

Gemeinsame Publikationen

Seite 22, Zeile 22. Norderstedt (BoD) 2022.

Fantastisches Tagebuch. Norderstedt (BoD) 2023.

Torge ist verschwunden. Norderstedt (BoD) 2024.